Paris ma grand'ville

나의 위대한 도시, 파리

Paris ma grand'ville

나의 위대한 도시, 파리

로제 그르니에 지음
백선희 옮김

파리를
사랑한 작가

로제 그르니에의
파리 산책

muJintree
뮤진트리

Cet ouvrage a bénéficié du soutien des Programmes d'aide à la publication de l'Institut français(이 책은 프랑스문화진흥국의 출판 번역 지원 프로그램의 도움으로 출간되었습니다).

▪ 일러두기

- 이 책은 Roger Grenier의 《Paris ma grand'ville》(Gallimard, 2015)을 우리말로 옮긴 것이다.
- 본문에 나오는 도서·영화의 제목은 원 제목을 번역 표기하는 것을 원칙으로 하되, 국내에 번역 출간 및 소개된 작품은 그 제목을 따랐다.
- 본문 하단의 각주는 옮긴이가 쓴 것이다.

왕께서 제게 당신의 위대한 도시 파리를 하사하시면서
연인에 대한 사랑을 버리라 하신다면
저는 앙리 폐하께 말씀드릴 것입니다
당신의 파리를 거두어주십시오.
저는 파리보다 나의 연인을 사랑합니다. 암요,
나의 연인을 더 사랑합니다.

– 몰리에르, 《인간 혐오자》

내가 시골 사람인지 파리 사람인지 모르겠다. 어쩌다 보니 나는 노르망디에서 태어났다. 유년기와 청년기를 보낸 포Pau와 베아른Béarn이 내 책 대부분에 영감을 주었다. 그러나 나의 도시는 파리다. 내가 느끼기에 진짜 파리지엥들은 다른 곳에서 태어난 사람들이고, 그들에게는 파리에서 사는 것이 일종의 정복이다. 나는 센 강의 다리 위를 지나기만 해도 감탄한다. 한쪽에는 시테 섬과 노트르담 성당이 있고, 다른 쪽에는 그랑 팔레와 샤이요 언덕이 있다. 그리고 비할 데 없는 하늘이 있다! 꿈이 아닌데, 내가 파리에 있다니!

내가 오르세 역—플랫폼이 너무 짧아 요즘 기차들에 맞

지 않아서 지금은 오르세 미술관으로 바뀌었다—에 도착한 다음 날, 한 친구가 생제르맹데프레에 있는 전설적인 카페 플로르에서 만나자고 했다. 오래된 단골들은 절대 '르 플로르'라고 하지 않고 그냥 '플로르'라고 말한다. 그 카페의 터줏대감인 웨이터 파스칼이 우리를 맞아주었다. 사르트르가 《존재와 무》에서 "카페 웨이터의 즉자卽自"를 분석하며 묘사한 인물이 아마도 그였을 것이다.

  이렇게 눈부신 데뷔를 한 이후 나는 주거지 문제와 일상의 우여곡절을 겪느라 이 도시를 북에서 남으로, 동에서 서로 일주했다. 그러면서도 몰락한 부르주아들이 가난을 숨기고 사는 고블랭 지역을 떠나지 못했다. 북 역은 상가며 음식점이며 모든 것이 기차에서 막 내린 영국인들과 벨기에인들의 지갑을 털기 위해 정비된 것처럼 보였다. 15구에 자리 잡고 있던 장인들의 아틀리에들은 젊은 비즈니스맨들을 위한 사무실로 점차 바뀔 것이다. 센 강 우안과 좌안… 나는 많이도 걸었다. 지하철과 버스가 드물게 다니기도 했지만, 그냥 걷는 게 좋았다. 코에 바람을 느끼며 산책을 하다 보면 도시의 또 다른 면을 발견하게 된다. 건물의 꼭대기 층들은 고유의 건축양식을 갖추고 있어, 건물의 아래 부분과 별도의 존재처럼 보인다. 그 층들은 하늘에 걸터앉은 별개의 도시를 이룬다.

포에서 나의 아버지는 '파리를 사랑하는 사람들'이라는 이름을 단 클럽의 회원이었다. 이런 유형의 클럽은 이제는 존재하지 않는다. 차라리 '파리를 싫어하는 사람들'이라는 단체는 있을지 모른다. 지방 사람들은 우리를 싫어한다. 아마 프랑스가 몇 세기 전부터 극도로 중앙집권화된 국가이기 때문인 것 같다. 모든 것이 수도를 거쳐 나가고, 모든 것이 수도로 몰린다. 최근의 지방분권화 노력도 미미해 보인다. 나의 아버지가 '파리를 사랑하는 사람들' 클럽에 가입할 만한 이유는 충분했다. 아버지는 파리 마자린 가에서 태어났다.

이따금 나는 파리에서 내 가족의 흔적을 찾는다. 그럴 때면 고고학자가 된 느낌이 든다. 나의 아버지의 아버지는 크루아데프티샹 길에 자리한 〈레 프티트 아피슈〉라는 광고지 제작사에서 식자실장으로 일했다. 오래된 문서에서 나는 할아버지의 직업을 읽는다. 식자공. 나는 참으로 오랜 세월 동안 기자이자 편집자로서 인쇄소와 잉크와 종이와 인연을 맺어왔기에 할아버지가 식자공이었다는 사실이 기쁘다. 할아버지는 마자린 가에서 일터로 가려면 퐁데자르를 통해 센 강을 건너기만 하면 되었다. 나중에 그는 스트라스부르 대로에 인쇄소를 열었다. 어떤 표지석과도 닮지 않은 정문 표지석이 또렷이 보이는 사진 한 장 덕에 나는 할아버지의 집이 43번지였다는 걸 알 수 있었다. 같은 방식으로 이번에는 마당의 분수 덕에 왜 상경했고 어떻게 상경했는지는 모르지만 랑그독에서 파리로 올라온 외가의 주거지를 상티에 구역 푸아소니에르 길 3번지에서 찾았다.

나는 부모님이 1차 세계대전 이전에 살았던 옛 레알 구역을 쏘다니는 동안 바송피에르 원수元帥가 17세기 초에 겪은 색정적이면서 음산한 모험을 생각하지 않을 수 없었다. 아주 매혹적이고 무시무시한 이야기여서 괴테와 휴고 폰 호프만슈탈이 그 이야기로 모험담을 썼다. 바송피에르는 프티 퐁에서 아름다운 세탁부를 만난다. 잊지 못할 밤을 보낸 두 연인은 다시 보기로 약속한다. 그러나 약속장소에 가장 먼저 나타난 건 페스트다. 파리라고 특별히 봐주지 않은 이 재앙에 대해 잠시 언급하자면, 내가 라디오 방송국에 갈 때 건너는 그르넬 다리 아래에는 백조섬이 길게 누워 있는데, 나는 그곳으로 나의 강아지 율리시즈를 산책시키곤 했다. 바로 그곳이 옛날에는 포주抱主 섬이라 불렸고, 페스트로 죽은 사람들이 그곳에 묻혔다.

파리의 묘지들은 아주 아름다워서 공원처럼 한가로이 거

닐 수 있다. 페르라셰즈에는 엘로이즈와 아벨라르, 그리고 짐 모리슨의 무덤뿐만 아니라, 이를테면 1870년에 보나파르트 대공에게 살해당한 기자 빅토르 누아르[1]의 무덤도 있다. 누워있는 모습을 한 그의 조각상은 동네 여자들에게 미신을 부추기고 있다. 아기를 갖고 싶은 여자들은 조각상 아랫도리의 불룩한 부위를 만지러 온다. 파시 묘지에는《일기》를 펴내 후대에 이름을 길이 남긴 러시아 출신 화가 마리 바시키르트세프Marie Bashkirtseff의 묘비가 있는데, 사진과 그림, 흉상 등으로 1880년대 풍으로 아주 특별하게 꾸며져 있다. 꼭 살롱 같다.

이 묘지 풍경은 오래도록 내 기분을 달래주었다. 그러나 요즘은 묘지에서, 특히 몽파르나스 묘지에서 너무 많은 친구들을 만나게 된다.

몇 년 전만 해도 수도에서 이름 날리던 매춘업소들, 영원히 문을 닫고 역사 속에 들어선 업소들의 이름은 여전히 사람들의 입에 오르내렸다. 스핑크스·원투투·샤바네….

제아무리 파리를 사랑하고 구석구석 탐험하길 좋아한다

---

1) 가십기사가 원인이 되어 나폴레옹 3세의 조카인 피에르 보나파르트에게 결투장을 전하러 갔다가 권총에 맞아 사망했다.

해도 우리의 정서적 지리책에는 언제나 누락이 있고, 지도에는 하얀 반점이 남아 있다. 소르본 대학에 다니지 않았던 나는 그곳의 숱한 세대들이 드나든 뤽상부르 공원을 놓쳤다. 내게 그곳은 여전히 낯선 땅으로, 내 집처럼 느껴지지는 않는 장소로 남아 있다.

미술 이야기를 해보자. 생제르맹데프레 뒤쪽, 퓌르스탕베르 광장에는 작은 미술관이, 들라크루아의 아틀리에가 있다. 예전에는 그곳에서 이 예술가가 찍은 사진을 저렴한 가격에 살 수 있었다(그가 사진애호가였다는 것은 알려진 사실이다). 오데옹 길의 판화 가게들에서는 피라네시의 판화 〈감옥〉도 헐값에 살 수 있었다. 그러나 당시 내겐 그 가격조차 너무 비쌌다.

오래 전부터 파리의 길들은 내 머릿속에서 아리스티드 브뤼앙Aristide Bruant의 노래와 이어져 있다. "나는 저녁마다 달빛 아래 몽마르트르의 카바레 샤 누아르 부근을 배회하며 행운을 찾네…."솔 길을 걸어 집으로 돌아오다가 살해당한 젊고 아름다웠던 여자와 생뱅상 길…[2] 그리고 사람들

---

2) 아리스티드 브뤼앙이 부른 〈하얀 장미Rose blanche〉(또는 생뱅상 길Rue Saint-Vincent)라는 노래의 가사.

이 정말 좋아하는 착하고 상냥한 니니 포드시엥이 있는 바 스티유3). 사람들이 단두대 구멍에 제 목을 집어넣는 라로케트 감옥4)도 있다….

그러니 이 말을 꼭 해야겠다. 파리는 문학적 자취로 가득한 도시다.

보들레르, 그가 파리에서 살았던 서른 곳 넘는 거주지들을 돌아보자면 기진맥진해질 것이다. 제라르 드 네르발은 딱하게도 오직 한 곳에 사로잡혔다. 비에유랑테른 길, 그곳에서 그는 "검고 흰" 어느 겨울밤에 목을 맸다. 그 길은 이제 사라지고 없다. '테아트르 드 라 빌'의 프롬프터용 구멍이 아마도 네르발이 목을 맨 창살창 자리였을 것이다. 보들레르의 말에 따르면 그는 "아무도 방해하지 않고 은밀하게, 그가 찾을 수 있었던 가장 어두운 거리에서 자기 영혼을 풀어놓았다…." 19세기를 통틀어 제라르 드 네르발보다 더 감미로운 사람이 있었을까? 동시대를 살았던 외젠 드 미르쿠르는 그를 이렇게 묘사했다. "(…) 솔직하고 믿음직해 보이는 용모, 세상에서 보기 드물 정도로 선의와 재기, 섬세함과

---

3) 〈니니 포드시엥Nini Peau d'Chien〉이라는 노래의 가사.
4) 〈라로케트에서는 A la Roquette〉이라는 노래의 가사.

순수함이 동시에 드러나는 얼굴이다." 이것이 그에게 무슨 소용이 되었을까? 꽁꽁 얼어붙은 밤에 앞치마 끈으로 목을 매고, 막심 뒤 캉이 보았듯이, 벌거벗은 채 영안실의 함석 덮개 위에 눕는 데 소용되었을까.

고블랭 구역에서 살 때 나는 보잘것없지만 그래도 시적인 운치가 있는 작은 복개천 비에브르를 상상으로 따라 걷곤 했다. 비에브르는 비버의 강이라는 뜻이다. 여러 작가들이 자주 언급한 강인데, 나는 그곳을 무대로 펼쳐진 빅토르 위고의《레미제라블》의 장면들을 떠올리곤 했다. 로댕 미술관 정원으로 바람을 쐬러 갈 때면 어떻게 라이너 마리아 릴케를 생각하지 않을 수 있겠는가? 루르멜 길에서 살 때는 헨리 밀러가 쓴 첫 번째 작품 제목이 '루르멜 길의 안개'라는 걸 머리에서 떨쳐버릴 수가 없었다.

문학적인 파리…. 나의 거리인 박Bac 길에서 어찌 멀어질까? 파리를 가로지르며 오래도록 떠돌고 난 뒤 나는 그곳이 나의 마지막 거처가 되길 바랐다. 센 강변 1번지는 알렉상드르 뒤마가 불멸의 존재로 만든 그 유명한 총사 다르타냥의 집이 자리한 곳이다. 반대쪽 끝에는 봉 마르셰 백화점이 있다. 에밀 졸라가《여인들의 행복 백화점Au bonheur des Dames》의 영감을 얻은 곳이다. 그 두 곳 사이에서 어린 보들레르가 살았다. 그 길을 계속 내려오면 말로Malraux, 마담 드 스타엘Mme de Staël, 로맹 가리Romain Gary, 자크 프레베르 Jacques Prévert가 있었고, 27번지·42번지에서 살다가 120번 지에서 죽은 샤토브리앙Chateaubriand도 있다. 이런 이웃들을 두다니 최악이다.

하마터면 스탕달을 잊을 뻔했다. 그는 1802년 4월 15일 파리에 내렸고, 박 길 모퉁이, 지금은 폴루이쿠리에 길이 된 곳에 있던 다락방에서 살았다. 얼마 후 그는 《일기》에 이렇게 썼다. "결실의 달(12월) 초부터 R(르뷔펠)부인과 자고 있다."

벨(스탕달의 본명, Marie-Henri Beyle)은 천박하게 표현하려 했지만 성숙한 여인 막들렌 르뷔펠처럼 관능미를 품은 '결실의 달'이라는 말 때문에 그만 시적인 표현이 되고 말았다. 그는 이 여인의 딸인 무뚝뚝한 아델까지 동시에 정복하려고 시도했다.

이따금 나는, 어쩌면 음험한 마조히즘 기질이 발동한 건지, 내게 남은 시간 동안 다른 곳에서 살 수 있으리라는 상상을 해본다. 뉴욕? 토스카나 지방의 루카? 알록달록한 어부의 집들이 빼곡한 베네치아 석호의 작은 섬 무라노?… 아니다. 나의 종착점은 파리다.

화가 마리 로랑생Marie Laurencin의 부채에 바치는 헌사이자 수플로 길에 관한 로망스[5)]에서 발레리 라르보는 이렇게 썼다."(⋯) 우리의 온 삶은 결국 지그재그로 배회하며 파리를 맴도는 작은 여행이 되고 말 것이다." 이 보잘것없는 책이 제안하는 것이 바로 그런 여행이다.

---

5) 발레리 라르보가 쓴 《수플로 길, 마리 로랑생의 부채를 위한 로망스La Rue Soufflot, romance pour l'éventail de madame Marie Laurencin》.

마자린 길 21번지

나의 아버지 앙드레 그르니에는 1886년 6월 29일 마자린 길에서 태어났다. 아버지가 태어난 건물에는 몇 년 전까지도 그 동네 지식인들이 드나들던 라 카프티에르라는 식당이 있었다. 아버지의 아버지인 조셉 그르니에는 크루아데프 티샹 길에 자리한 광고지 〈레 프티트 아피슈〉의 식자실장이었다. 그의 일터는 퐁데자르 바로 건너에 있었다. 그 시절엔 이 다리의 난간이 아직 연인들의 자물쇠로 뒤덮이지 않았다.

스트라스부르 대로 43번지

얼마 후 조셉 그르니에는 스트라스부르 대로, 파사주 브라디 상점가 근처에 인쇄업자로 독립했다. 그리고 10구의 피에르쇼송 길 6번지에서 살았다.

플랑드르 길 137번지

1887년 12월 1일 태어난 나의 어머니 앙드레 칼멜은 열세 살의 나이에 고향 랑그독을 떠나 이모 마리 리브과 함께 파리 플랑드르 길에서 살았다. 앙드레의 대부였던 리브 이모부는 그곳에서 안경점을 운영했고, 장터에서도 안경을 팔았다. 그때가 1900년대였다.

리브 이모부의 안경점이 어디쯤이었을지 찾다가 나는 플랑드르 길 44번지에서 작업실과 정비소 뒤에 숨겨진 포르투갈 출신 유대인들의 오래된 묘지를 보게 되었다. 그 묘지는 1780년부터 1810년까지 이용되었다. 기껏해야 너비 10미터 길이 35미터 정도의 면적에 스물여덟 개의 무덤이 있을 뿐이다. 그래도 그곳을 보며 어찌 프라하의 그 유명한 유대인 무덤을 떠올리지 않을 수 있겠는가?

파스투렐 길 13-15번지

한편 마리 리브는 파스투렐이라는 우아한 이름을 단 거리에 자리한 안경도매점에서 일했다. 그 작은 거리엔 안경과 광학기구 가게들이 빼곡했다. 마레 지역 대부분의 저택처럼 오래된 낡은 저택에 자리 잡고 마당에 작업실까지 갖춘 가게의 사장은 조바르 씨였는데, 그의 이름은 놀림감이었고[6], 아들 로베르 조바르는 그리 똑똑하지 못해서 손님들에게 실수를 연발했다. 이모는 어린 앙드레를 온종일 혼자 있게 하지 않으려고 조카를 조바르 씨 가게로 데려갔다. 그렇게 그녀는 안경사의 일을 배우게 된 것이다.

---

6) 조바르jobard는 '잘 속는 호구'를 뜻한다.

푸아소니에르 길 3번지

외가 모두가 무슨 이유로 파리의 푸아소니에르 길 3번지로 모이게 되었는지는 모른다. 앙드레, 앙드레의 아버지와 어머니, 남동생과 어린 여동생 둘이 모였다. 아버지 제르맹은 오랫동안 집을 나가 사라졌다가 다시 나타났다. 이 일은 파란만장한 외가 역사의 비밀스런 대목들 중 하나다. 에로 Hérault 지역 북부, 세벤 산자락에 자리 잡은 외딴 작은 마을에서 포도를 재배하던 제르맹 칼멜이 여배우와 함께 떠났다는 소문이 있었다. 그렇지만 그가 어디에서 여배우를 만났을까? 하여간 그가 사라진 건 이론의 여지가 없는 사실이어서 그의 자식들은 일종의 고아원 같은 종교단체 합숙소로 보내졌고, 그중 건강이 너무 나빴던 나의 어머니 앙드레만 파리의 이모 집으로 보내졌던 것이다. 거기까지가 내가 아는 전부이다.

본누벨 대로 39번지

지금은 쇼세당탱 길로 바뀐 그랑 대로에 있는 초콜릿이

맛있는 카페 프레보스트 앞을 지날 때면 어머니가 젊은 시절에 앙비귀 극장 창구에서 일하던 친구가 공짜표를 주면 멜로드라마를 보고 나서 그 카페에 들르는 걸 무척이나 좋아했었다고 말했던 것이 기억난다. 동시에 프루스트의 작품 속에서 오데트가 스완에게 초콜릿을 먹으러 프레보스트 카페로 간다는 얘기를 하던 장면도 떠오른다. 물론 오데트의 말은 거짓이다. 그리고 그 거짓말은 질투심을 야기했다.

보르도에도 프레보스트 초콜릿 가게가 있었는데, 우리가 포에서 살던 시절엔 아키텐 지방의 주도인 보르도에 볼 일이 있을 때마다 파리의 프레보스트를 떠올리며 그곳에 들르곤 했다.

생마르탱 길 218번지

앙드레 그르니에와 앙드레 칼멜은 1908년 5월 23일 2구 구청과 노트르담드본누벨 성당에서 결혼식을 올렸다. 두 사람은 앙드레 그르니에가 한때 회계원으로 일한 적 있는 조바르 가게에서 알게 되었는데, 두 사람의 사이가 틀어지기 전까지는 리브 이모도 앙드레를 아주 좋게 생각했다. 그랑 대로의 포카르디 식당에서 두 사람의 결혼식 연회가 열렸다. 앙드레는 경솔한 결정으로 군대에 지원하는 바람에 3년 동안이나 외르 지방 베르네에서 군인으로 복무하고 1909년 6월 민간인의 삶으로 돌아왔다. 신혼부부는 생마르탱 길 218번지에서 살았다. 1910년 1월에 태어난 아들 가브리엘은 그해 4월에 젖먹이로 세상을 떴다.

랑뷔토 길 16번지

1911년 남편 앙드레는 금 제련회사인 마레 에 보냉에 회계원으로 취직하고, 아내 앙드레는 랑뷔토 길 16번지, 거의 아르쉬브 길 모퉁이, '콜레트의 공책'이라는 호감 가는 책방 맞은편에 작은 안경점을 열었다. 아주 작은 그 공간은 예전에는 수위실로 쓰였던 모양이다. 문이 현관 복도 쪽으로 나 있다. 거리 쪽으로 난 창문은 평소에는 진열창으로 쓰이다 손님이 있을 때만 열렸다. 안경점 여주인은 흰 작업복을 입었다. 그녀는 재능이 뛰어난 판매원이었다. 지금도 가게는 건재하지만 이제는 안경점이 아니다. 웬 일본여자가 거기서 레이스를 팔고 있다.

안경점 여주인과 남편은 안경점 건물에 아파트를 얻었다.

프랑부르주아 길 23번지

그르니에 부부는 랑뷔토 길의 아파트를 떠나 보쥬 광장에서 그리 멀지 않은 세비녜 길 모퉁이, 프랑부르주아 길 23번지에 정착했다. 1914년에는 딸을 사산했다.

남편 앙드레가 전쟁에 나간 동안 아내의 건강이 좋지 않았다. 파리를 떠나지 않는다면 목숨이 위태로울 것이라는 말을 들었다. 1916년 그녀는 랑뷔토 길의 가게를 팔고, 프랑스 북서부 노르망디 지역의 도시 캉Caen으로 옮겨 다시 안경점을 열었다.

메닐몽탕 대로 64번지

이때부터 우리가 파리에 올 때 주로 만나는 사람은 마리옹 가족과 갈랑 가족이었다. 마리옹 가족은 조셉 그르니에의 인쇄소 이웃으로, 스트라스부르 대로에서 신발가게를 했다. 이 집의 아들 뤼시앙은 앙드레 그르니에의 어릴 적 친구다. 아니타라는 이름을 가진 마리옹 부인은 나의 대모다. 그들의 신발가게는 스트라스부르 대로를 떠나 이제는 메닐몽탕 대로, 페르라셰즈 묘지에서 두어 발짝 떨어진 강베타 대로 모퉁이에 있다.

사람들 말로는 내가 세 살도 채 되지 않았을 때 이 신발가게 마룻바닥에서 자동차 장난감을 가지고 놀며 여자 판매원에게 "어이, 예쁜 아가씨"라고 했단다.

이후에도 내가 성가시게 굴면 마리옹 대모는 이렇게 말했다. "페르라셰즈 묘지에 가서 놀다가 그냥 거기 남거라!"

제2차 세계대전 때 마리옹 대모가 세상을 떠났다. 내가 언제나 마리옹 아버지라고 불렀던 마리옹 씨는 그길로 몸져누웠다가 다시 일어나지 못했다. 가게는 아들 뤼시앙이 맡았다. 뤼시앙은 부모 속을 어지간히 썩였고 썩 호감이 가지 않는 인물이었다. 그는 부역자였고 암거래도 했지만, 약삭빨라서 레지스탕스 대원들에게도 신발을 제공했기에 아무 일도 겪지 않았다. 이따금 그를 보러 가면 반감만 생겼다. 나는 배를 곯아 죽을 지경인데 그의 식탁은 풍성했기 때문이다.

비에유뒤탕플 길

시골 사람이 된 우리가 파리에 올 때면 내리는 또 다른 낙하점은 비에유뒤탕플 길에 있는 아돌프와 세실 갈랑의 아파트였다. 세실은 나의 아버지의 사촌인데 고아여서 두 사람은 오누이처럼 함께 자랐다. 갈랑 집안의 외동아들인 레몽은 나보다 여섯 살이 많고 과학 분야에서 두각을 나타낸 명석한 학생이었다. 이 가족과 그들의 아파트에 대한 나의 첫 번째 기억은 레몽이 구슬 하나를 삼킨 날로 거슬러 올라간다. 엄청난 사건이었고, 부모들은 혼이 나갔다.

몇 년 뒤인 1931년, 나는 식민지 전시회를 보러 파리에 상경했다. 레몽이 나를 전시회장으로 여러 차례 데리고 갔다. 앙코르 사원, 아프리카 마을들, 도메닐 호수, 형형색색의 분수가 물을 뿜던 밤…. 그는 작은 코닥 카메라를 손에서 놓지 않았다. 사진을 찍을 때마다 촬영시간, 조리개값, 노출시간을 기록했다. 가족 모두가 그만큼 꼼꼼했다. 듣자 하니 이 가족은 먹는 음식까지 무게를 잰다고 했다.

1936년에 나는 레몽의 결혼식 때문에 다시 파리를 찾았다. 이때를 위해 왈츠 추는 법을 배워두었고, 생탕드레데자르 길의 유명한 가게, 코르 드 샤스에서 턱시도도 한 벌 빌렸다.

나는 갈랑의 집에서 마리옹네 가게까지, 비에유뒤탕플 길에서 레퓌블리크 광장을 거쳐 메닐몽탕 대로까지 혼자 찾아갈 줄 알았다. 내가 파리에 대해 아는 건 그게 전부였다.

샤누아녜스 길 16번지

나의 부모님이 포에서 운영하던 안경점에 유명한 손님이 있었다. 학술원 회원이자, 《종교적 감정에 대한 문학사》라는 기념비적인 책의 저자였고, '순수시' 이론을 주창한 브레몽 신부인데, 그는 겨울을 베아른에서 보냈고, 파리의 샤누아녜스 길 주소로 안경과 코안경을 보내달라고 주문했다. 성직자의 주소로는 놀랄 만한 곳이었다. 샤누아녜스 길은 노트르담 성당 그늘 아래 자리하고 있다.

브레몽 신부는 짙은 마호가니 나무로 된 진열장을 갖춘 우리 가게가 스피노자의 가게를 닮았다고 나의 어머니에게 말하곤 했다. 내 소견으론 그 말이 맞지 않는 것 같다. 어느 재미난 시구가 말해주듯이 스피노자는 "안경유리 연마하는 일을 했을" 뿐 안경점을 소유한 적이 없으니 안경사라는 직업을 가져보지 않았을 것이기 때문이다.

고등학교 시절에 선생님이 앙리 브레몽의 '순수시'라는 주제로 우리에게 작문과제를 내줬을 때 브레몽 신부는 이미 2년 전에 세상을 떠나고 없었다.

인연은 이것으로 끝이 아니다. 전쟁 후 우리가 파리에서 살 때 나의 친구 장-피에르와 에블린 비베는 브레몽 신부가 살았던 샤누아네스 길의 바로 그 아파트에 살았다. 그 사이에 알 만한 다른 거주자도 있었는데, 바로 샤를 뒤 보스[7]이다.

포르트 마이요

나보다 나이가 한참 많은 사촌누이 뤼시엔은 전차 운전수 뤼시앙 들랭제와 결혼했다. 두 사람은 브종에서 살았는데, 뤼시앙은 포르트 마이요와 브종 사이를 오가는 전차를 운전했다. 언젠가 그 전차를 타게 되어 나는 그가 가속하고 제동하는 동작을 옆에 서서 지켜보았다. 나중에 그는 버스를 몰았다. 너무 피곤할 때는 정류장마다 설치된 작은 번호

---

7) 프랑스의 작가이자 비평가(1882-1939).

표 지급기에 번호표 채워 넣는 일을 했다. 승강구에 선 차장은 번호를 순서대로 부르고 버스가 다 차면 남아 있는 사람들이 있어도 할 수 없이 벨을 눌렀고, 그러면 버스는 사람들을 남겨둔 채 출발했다.

쿠르티 길 8번지

1943년 7월 25~26일 동안 나는 파리에 있었다. 이 짧은 체류의 목적은 마르셀 아샤르를 만나는 것이었다. 1939년에 그가 나를 비서로 채용하고 싶어 했었는데, 전쟁 때문에 흐지부지된 건지 아니면 그가 포기해서인지 모르겠지만 여하튼 여전히 그럴 마음이 있는지 물어보고 싶었다. (우리의 인연은 마르셀의 부인 쥘리에트가 결혼 전에 포에서 우리와 같은 건물에 살았기에 시작된 것이다.) 마르셀과 쥘리에트 아샤르, 그리고 그들의 개 가맹은 쿠르티 길에 살았다. 나는 이 작은 거리가 생제르맹 대로 끝에 자리하고 있다는 건 알았다. 그런데 방향을 착각한 바람에 알오뱅Halle aux Vins 쪽에서 출발해서 대로를 주파해야 했다. 모베르·생미셸·오데옹·생제르맹데프레·라스파유·벨샤스·위니베르시테·릴을 거쳐

마침내 쿠르티 길에 도착했다. 아샤르 가족은 늘 그렇듯이
친절했지만 내가 필요하진 않았다.

방키에 길 33-1 번지

1943년 어머니와 누이와 함께 피레네 산맥 근처 타르브
Tarbes[8]에서 살았을 적에 나는 난민인 베르트와 젤만 우트
케스 부부와 아주 친해졌다. 내가 7월에 파리로 갔을 때 그
들은 고블랭 가 근처 방키에 길 33-1 번지에 있는 그들 집
을 내주었다. 그건 파리에 있는 그들의 아파트가 무사하다
는 걸 확인할 기회이기도 했다. 베르트는 거듭 말하곤 했다.
"내가 이용하는 지하철역은 캉포-포르미오야. 매일 저녁 우
리는 몽파르나스, 돔, 혹은 로통드로 가곤 했지." 젤만은 이
스파노 사의 엔지니어였지만 화가이자 조각가이기도 했다.
그들의 작은 아파트엔 여기저기 조각상이 나뒹굴고 있어
마치 사르트르의 단편소실 속에 들어선 것 같았다. 솔직히
말하자면 소련 스타일의 꽤나 투박한 조각품들이었다. 나는

---

8) 프랑스 남서부, 오트피레네 주의 주도

그 조각상에다 옷을 걸었다. 우트케스 부부는 자연주의자들이어서 판자를 침대 밑판으로 쓰고 있었다. 내게는 적응 기간이 필요했다. 몇 달 뒤, 나는 파리로 완전히 옮겨오면서 다시 그곳에 머물렀는데, 결말은 비극적이었다.

나는 상황이 위험해진 타르브를 떠나기로 마음먹었다. 파리로 가기 위해 어떤 핑계를 댔는지는 생각나지 않는다. 1943년 11월 30일에 파리에 도착했다. 이때부터 나는 파리지엥이 되었다.

방키에 길… 도심으로 가려면 고블랭 가를 내려가 지하철역까지 가거나 아니면 생마르셀 대로를 거쳐 27번 버스 정류장까지 가야 했다.

포토 길 24번지

파리로 오면서 내가 최우선으로 해야 할 일 중 하나는 군대 동기인 슈무츠를 만나는 것이었다. 자신의 파리 생활 이야기로 우리를 홀리게 했던 놈이다. 그는 이미 결혼했고, 사업을 하고 있었으며, 나이트클럽을 자주 드나들었다고도 했다. 게다가 몽마르트르에 살고 있었다. 나는 그가 준 주소를

갖고 있었다. 포토 길. 그런데 그 길이 정확히 몽마르트르에
있는 것이 아니라는 사실을 알게 되었다. 그 길은 북쪽 비
탈, 뷔트 언덕 아래 있었다.

나는 수위에게 물었다.

- 슈무츠 씨 댁이 어딥니까?
- 5층입니다. 그런데 집에 없어요. 일하러 갔어요.
- 사무실이 어딘지 말씀해주실 수 있습니까?
- 사무실이라니요? 그는 자전거-택시 운전수인데요.

오베르 길 16번지

연말에 나는 일자리를 찾았다. 오베르 길(9구) 16번지에
자리한 공산품 분류센터의 완제품과 잡다한 재료를 다루는
부서 내 유리 제품 파트의 문서계로 취직했다. 각종 유리병
을 필요로 하는 회사에 재료 전표를 발급해주는 일이었다.

부장과 공모해서 우리는 독일인들을 위해 일하는 회사의
주문 건에 대해서는 일부러 전표 발급을 지연시켰다. 그러
다 보니 고객들이 아직 준비해두지 않은 전표를 받으러 직
접 찾아오는 경우가 종종 있었다. 한 번은 곱게 화장한 대단

히 우아하고 아름다운 여자를 마주하게 되었다. 나는 전표가 아직 준비되지 않았으니 다시 와야 할 거라고 설명했다. 그녀에게 홀딱 반한 나는 그런 식으로 해서 그녀가 적어도 두 번은 더 오게 만들었다. 그녀는 불만스런 표정을 드러냈지만 내게는 그 모습조차 아름답기만 했다. 다시 한 번 경비가 내게 그녀의 방문을 알렸다. 나는 아주 활기찬 얼굴로 그녀를 맞이하러 갔다. 그런데 찾아온 건 그녀가 아니었다. 두 명의 남자 게슈타포가 나를 기다리고 있었고, 그들은 사보타주를 운운했다. 여차하면 나를 잡아갈 태세였다.

그러나 이건 그저 재미난 일화에 불과했다. 이 새로운 삶이 시작되고 얼마 되지 않은 1월 4일에 베르트와 젤만 우트케스가 툴루즈 게슈타포의 명령에 따라 타르브에서 체포되었다. 18일 점심 때 방키에 길로 들어서는데 수위가 내게 말했다. "오늘 아침에 게슈타포가 찾아왔어요. 오후에 다시 와서 끝장을 보겠다고 했어요." 나는 수위에게 친구 세 명에게 전화를 걸어서 할 수 있는 한 짐을 모두 빼겠다고 말했다. 수위는 그래서는 안 된다고 막았다. 아파트를 독일 게슈타포에 신고한 것이 이 스위스 여자가 아닌지 모르겠다. 꽤나 기분 나쁜 여자였다. 나는 올라가서 짐을 쌌다. 편지와 서류를 양철대야에 담아 태웠고, 재는 변기에 버렸다. 내가 건질 수 있었던 건 사진이 잔뜩 든 금속 담뱃갑이 전부였다. 그러나 그건 하찮은 물건이 아니었다. 그 작은 상자 속에 베르트와 젤만의 온 삶이, 그들의 청춘기부터 러시아, 폴란드, 이집트, 그리고 파리에서 보낸 행복한 나날들이 들어 있었기 때문이다.

툴루즈·드랑시·아우슈비츠. 베르트와 젤만은 돌아오지 않았다.

물랭베르 길 51-1번지

내 친구 카시뇰과 콜레트 로스차일드(당시엔 마들렌 베르두라 불렸다)에 대해 말하자면, 1939년에 보르도에서 알게 된 콜레트는 수학자로 몽테뉴 고등학교 교사였고, 나는 그곳의 자습감독이었는데(그녀가 당시에는 아주 귀한 물건인 라이카 카메라를 갖고 있었고, 사진에 대한 열정이 우리를 가까워지게 했다고 이미 얘기한 석이 있나), 나중에 클레르몽페랑에서 다시 만난 그녀가 내게 오베르뉴에 숨어 있던 가장 똑똑한 파리 지성들을, 이를테면 로랑 슈바르츠 같은 인물을 만나게 해주었다. 카시뇰과 콜레트는 알레지아 근처 물랭베르 길에 있던 그들 집에도 나를 받아주었다. 나는 책들 사이에 놓인 좁고 긴 의자에서 자곤 했다. 마드와 카시라고 불렸던 두 사람은 나와 동시에 클레르몽페랑에서 알게 된 또 다른 인물, 철학자 장-투생 드장티도 재워 주었다. 우리는 그를 투키라고 불렀다. 내가 1943년에 알았던 이 모든 피난민들은 점차 파리로 다시 올라왔다.

내가 스키를 타다가 갈비뼈가 부러졌을 때도 마드와 카시가 다시 재워주었다. 나는 끔찍이 고통스런 밤을 보내고 만원 기차를 입석으로 타고 파리로 올라와 제1차 세계대전 때 나의 어머니를 사랑했던 늙은 의사에게 갔다. 의사는 어머니를 걱정시키지 않으려고 내가 아무렇지도 않다고 말한 모양이었다. 나는 통증이 가시지 않아 몽마르트르 묘지 아래 자리한 브르토노 병원에서 인턴으로 일하고 있는 친구를 찾아 갔다. 친구는 폼을 잡고 싶었는지 자신이 잇달아 맹장 수술을 하던 수술실로 나를 데려갔다. 나는 통증으로 거의 실신할 지경이었다. 마침내 그가 나를 엑스레이 촬영실로 집어넣었다. 갈비뼈는 제대로 부러져 있었다.

곰곰이 생각해보면 기독교인(나)이 유대인(콜레트)의 집에 피신하는 건 흔한 일이 아니었다.

빅토르쿠쟁 길 1번지

공산품 분류센터에 일자리를 잡은 나는 소르본 대학에서 바슐라르의 지도하에 박사 학위를 준비하기 시작했다. "보들레르 시학詩學 속 시간의 문제". 문학과 철학에 양다리를 걸친 이 주제가 내겐 잘 맞았다. 나는 다른 지면에서 이미 바슐라르에 대해, 눈길을 끄는 그의 용모와 R을 자갈처럼 굴리는 그의 억양에 대해 말한 적이 있다. 그는 지성으로 보나 선량함으로 보나 특출한 인물이었다.

무프타르 길

무프타르 길 공터에 자리 잡은 작은 벼룩시장에서 땅바닥에 놓인 《이방인》을 발견했다. 나는 드장티에게 물었다. "이 카뮈란 사람이 누구지?" 그가 대답했다. "해방 이후를 위해 신문 창간을 준비하고 있는 사람이야."

르메르시에 길 14번지

2월에 나는 클리시 광장 뒤쪽 르메르시에 길의 어느 호텔에 방을 하나 빌렸다. 오베르 길의 일터로 가기 편한 곳이었다. 1859년부터 1864년까지 그곳 디에프 호텔에 묵으며 "더없이 힘들게 살았던" 보들레르를 생각하면서 암스테르담 길을 내려가기만 하면 되었다. 거의 맞은편에 있는 중고책방에서 보들레르의 플레야드 초판본 한 부를 발견했다. 전시戰時였기에 암시장 가격이었다. 나는 허리가 휠 정도의 값을 지불하고 그 책을 손에 넣었다. 그 책은 나중에 내게 더없이 소중한 물건이 되었다. 보들레르의 글이 아닌 〈브뤼셀에서 보낸 세월〉이 그 책에 포함된 걸 내가 발견한 것이다. 나의 스승이자 친구인 파스칼 피아가 범한 오류였다.

내가 묵는 호텔은 검소하다 못해 거의 불결했고, 주변 거리는 평판이 좋지 않았다. 그러나 대신 방마다 작은 가스레인지가 있어서 간단한 요리를 할 수 있었다. 나는 거의 나의 유일한 식량인 귀리가루를 익혀 먹었다. 원색적인 헨리 밀러가 귀리 가루에 대해 찬사라고 한 말은 차마 옮기지 못하겠다.

4월 20일엔 르메르시에 길에 있던 예배당에 폭격이 있었다. 당시 우리는 예배당의 맨 앞줄에 앉아 있었다. 이 전쟁을 통틀어 내가 지하실로 내려가 숨고 싶었던 건 이때뿐이었다. 그러나 그곳엔 지하실이 없었다.

페트(축제) 광장

파리지엥이라면 누구나 자신이 알았고 사랑했으나 사라져버린 것을 찾는 데 일평생을 보낼 수 있다. 뷔트쇼몽 위쪽에 자리했던 매혹적인 페트 광장은 이제 존재하지 않는다. 집이란 집은 모조리 허물렸고, 감옥을 닮은 건물들이 세워졌다. 광장의 형태조차 남아 있지 않아, 내가 사랑스러운 여자 친구들을 보러 찾곤 했던 작은 아르메니아 학교를 과거 속에서 되찾기란 불가능한 일이 되어 버렸다.

같은 무렵, 참으로 어수선했던 1944년의 초기 몇 달 동안 또 다른 여자 친구 한 사람이 다른 쪽 끝, 남쪽의 방브 문 근처에 살았다. 그러나 이건 다른 이야기다.

테른 가 53번지

전쟁의 우여곡절이 내게 새 친구 로베르 모노를 알게 해주었다. 함께 아는 군대 동기를 통해서였다. 은행가의 아들인 로베르 모노는 앙리마르탱 가에 살았다. 왠지 모르지만 그것이 내 어머니의 눈에는 세련미의 극치처럼 보였다. 그가 어느 일요일에 오베르장빌의 저택으로 나를 초대했다. 내가 T. E. 로렌스를 발견하게 해준 사람도 그였다. 우리는 현대적인 햄릿 같은 이 인물에 오랫동안 심취했고, '죽음의 제복'에 관한, 다시 말해 얼마 전까지 우리가 입었던 군복에 관한 긴 독백을 달달 외웠다. 내가 아직 시골에 있었을 때 로베르 모노는 파리의 문학과 연극 활동 들을 편지로 알려주었다. 나는 그가 레지스탕스에서 어떤 역할을 수행하고 있다고 믿고 있었다. 한번은 내가 묵고 있던 르메르시에 길에 있는 호텔로 그가 나를 찾아왔다. 하필 내가 없을 때였는데, 그는 열악한 내 거주지를 보고 큰 충격을 받았던 모양이다. 아마도 이것이 그가 4월말에 내게 호텔방 계약 해지를 권한 이유, 내게 털어놓지 못한 이유 중 하나였을 것이다. 나는 좀 더 품위 있는 호텔방이 나기를 기다리며 며칠 동안 테른 가의 가톨릭 시인 앙드레 마르쿠의 집에서 묵었다. 그는 피난 후에 타르브에 와서 나의 어머니와 누이와 우정을 맺은 묘한 괴짜다. 앙드레 마르쿠는 내가 아라공을 당대의 위대한 시인으로 간주하는 데 놀랐다. 그에게 아라공은 그저 젊은 초현실주의자 중 한 사람일 뿐이었다. 내가 자크 프레베르의 시 〈프랑스-파리에서 열린 가면만찬회 묘사 시도〉를 알려주자 그는 열광했다.

로마 길

앙드레 마르쿠는 로마 길에 있는 빅토르 질의 집에서 열린 리셉션 동안 〈가면만찬회〉를 대중 앞에서 읽었다. 그가 유명한 쇼팽 연주자인 이 피아니스트의 집으로 나를 데려 갔는데, 이 피아니스트는 자기 말로는 프란츠 리스트의 무릎 위에서 놀았고, 사람들의 말로는 사진 찍는 사람들을 즐겁게 해주기 위해 생라자르 역 앞에서 자주 보초를 서던 콧수염을 단 유명한 경찰관의 연인이었다고 한다. 앙드레 마르쿠는 손동작을 많이 쓰며 과장해서 낭송했고, 프레베르의 시는 어김없이 청중을 화나게 했다.

테른 가 쪽으로 난 마르쿠의 아파트로 돌아오다 보면 마당 안쪽에 빌라 한 채가 보였다. 일간지 〈누보 탕Nouveaux Temps〉의 국장이자 독일 점령기에 언론연맹회장을 지낸 장 뤼셰르가 그곳에 살았다. 그는 해방 때 사형선고를 받고 총살당했다. 〈콩바〉지의 기사를 쓰기 위해 그 시절 내가 참관했던 수많은 소송 중에서 이 소송이 가장 충격적이었던 건 뤼셰르가 악한이 아니라 그저 여럿이 함께하는 식사와 여자를 너무도 사랑한 향락주의자처럼 보였기 때문이다. 그러나 무정한 검사 레몽 랭동은 악착스레 그를 물고 놓아주지 않았다.

포르루아얄 대로 8번지

나는 이번에는 포르루아얄 대로 초입에 자리한 아주 말끔한 호텔을 골랐다. 5월에는 고블랭 구역으로 돌아와 한동안 머물렀다. 방키에 길에 있던 첫 번째 집 이후, 그리고 이 호텔 이후, 나는 우드리 길에 스튜디오 하나를 얻었다. 그 시절 고블랭 구역에는 검소한 부르주아들이 살고 있었다. 일요일 외식을 위한 식당 몇 개, 단골들이 일주일에 한 번씩 날을 정해 놓고 찾는 영화관 몇 개, 그리고 상시에 쪽에 파트리아르슈라는 목욕탕이 하나 있었다. 비버들의 강인 비에브르는 포테른 데 퓌플리에를 거쳐 파리로 흘러들자마자 하수도처럼 지하로 몸을 숨겼다. 강은 우리 동네 아래로 구불구불 흘러서 오스테를리츠 다리 부근에서 센 강으로 뛰어들었다.

점령기 마지막 몇 달 동안 7층의 내 방 창문에서 나는 동쪽을 향해 무리 지어 날아가는 미군 폭격기를 종종 보았다. 플라크 대포, 다시 말해 독일군 고사포가 그 폭격기들을 추격했다. 종종 비행기 한 대가 맞고 떨어졌지만, 편대는 조금도 흐트러지지 않고 비행을 계속했다.

해방 다음날, 나는 포도주 시장 알오뱅Halle aux Vins이 한밤중에 독일군의 포탄을 맞고 폭발하는 광경도 보았다. 사람들이 떠드는 말로는 독일군은 도시 하나를 잃을 때마다 그 도시에 작별인사로 폭격을 선사한다는 것이다.

로슈슈아르 대로

점령기 동안 로슈슈아르 대로의 큰 카페에서 로베르 마부지의 재즈 오케스트라가 연주를 했다. 나치가 미국 곡을 금지했기에 프랑스 핫 클럽의 레퍼토리밖엔 없었다. 그러자 그들은 속임수를 썼다. 제목만 바꾸면 그만이었다. '레이디 비 굿Lady Be Good'은 '레 비구디(헤어롤러)'가 되었다. 시간이 흐를수록 청중은 흥분했다. 등화관제 시간이 가까워지자 공연장의 모든 청중이 외치기 시작했다. "타이거 래그Tiger Rag! 타이거 래그! 타이거 래그!"[9]. 희끗한 턱수염 때문에 한 장의 사진으로만 남은 불멸의 조레스[10]를 닮아 보이는 주인장이 탁자 위로 올라가 외쳤다. "금지된 곡이라는 것 잘 알잖아요! 벌금을 내야 할지 몰라요! 문을 닫게 된다고요!" "타이거 래그! 타이거 래그!" 주인은 두세 번 더 탁자 위로 올라갔다. 결국엔 더이상 버티지 못하고 오케스트라는 '타이거 래그'를 연주했다. 매일 저녁 이런 식이었다.

투르느포르 길

나는 투르느포르 길에 있는 식당 '솔랑주'를 자주 찾았다. 여주인 솔랑주는 억센 여자로 손님들에게 욕설을 해대

---

9) The Original Dixieland Jazz Band의 1917년 곡.
10) 장 조레스Jean Jaurès, 프랑스의 정치가이자 국제 사회주의 운동 지도자로 1차 세계대전을 막기 위해 반전운동에 앞장서다가 암살당했다.

면서도 감자를 한 주걱씩 더 퍼주곤 했다. 이례적인 곳이었다. 솔랑주에 가면 예술가·화가 들을 만날 수 있었다. 그곳에서 옛 레지스탕스 동료 조르주 팡슈니에를 만난 적도 있다. 그는 런던에서 비행기를 타고 와 낙하산으로 막 내린 참이었다. 솔랑주에겐 미밀이라는 사위가 있었는데, 그는 길 아래 작은 광장에서 좀 더 상류층 사람들이 드나드는 식당을 운영했다. 미밀의 식당에서는 맞은편에 있는 일종의 수녀원 같은 집에서 나오는 여학생들이 보였다. 나중에 투르느포르 길 더 아래쪽에서 화가 로제 샤플랭-미디를 알게 되었다. 그는 기이한 집에서 살았다. 그의 말로는 그 집이 발자크의 작품 속 보케르 하숙집의 모델이었다고 한다. 정원에 있는 우물은 지하묘지와 연결되어 있었다.

베르프누즈 공원 1번지

투르느포르 길을 내려오면 베르프누즈 공원에 이르게 되는데, 그 공원은 무프타르 길과 이어주는 작은 동맥 같은 곳이다. 변호사 피에르 스티브와 그의 동반자 르네 플라송이 그곳에 살았다. 스티브도 클레르몽페랑에서 알게 된 사람이다. 그는 C.D.L.R.(레지스탕스 사람들)이라는 조직의 우두머리 중 한 사람이었다. 전쟁 때 그의 이름은 델솔이었지만, 그의 가짜 신분증에는 생-베자르라는 이름으로 되어 있어서 늘 우리에게 웃음을 안겼다. 스티브가 내게 루이 주베의 옛 비서였던 잔 마티외를 소개해주었다. 루이 주베는 아주 정이 가는 인물이었는데, C.D.L.R.과 나를 잇는 주된 연락책이었다. 그가 장차 일간지가 될 신문 〈프랑-티뢰르〉를 위해 일할 사람들을 모으고 있던 조르주 알트만과 내가 만날 수 있도록 약속도 잡아주었다.

조르주 알트만은 베르므누즈 공원의 약속장소에 나타나지 않았다. 바로 전에 체포되었던 것이다. 그를 대신해서 나온 건 겨우 스무 살 된 그의 딸 이렌이었다. 빨간색 정장 차림을 한 그녀의 모습이 지금도 눈에 선하다. 우리는 서로 묘한 표정을 지었다. 그녀는 리옹에서 오는 길이라고 말했다.

그리고 덧붙였다. "저는 아라공과 엘자 트리올레의 집에서 지내고 있어요." 촌뜨기였던 나는 입을 헤벌린 채 다물지 못했다. 그녀는 덧붙여 말했다. "그 사람들은 아주 고약해요." 나는 다시 한 번 아연했다.

참으로 다행스럽게도, 프렌 교도소에 수감된 조르주 알트만은 대부분의 레지스탕스 대원들처럼 해방 직전 두려움에 사로잡힌 간수들 덕에 풀려났다. 그 후 나는 거의 매일 그를 보았다. 레오뮈르 길에서 〈콩바〉의 조판대와 〈프랑-티뢰르〉의 조판대는 나란히 자리를 잡았다. 우리는 좋은 친구가 되었다. 알트만은 종종 말했다. "나는 〈프랑-티뢰르〉를 만들지만 〈콩바〉를 읽네." 그는 〈콩바〉의 마지막 교정쇄를 힐끗 쳐다보며 말했다. "이것 좀 보게! 이 사람들의 코를 누르면 우유가 쏟아질 것 같잖나. 루아예-콜라르[11]처럼 글을 쓰는군!"

솔페리노 길 10번지

1944년 8월 16일. 이때부터 나는 내가 경험한 파리의 봉기와 해방의 나날들을 기록하기 시작했다. 그 후 아무것도 고치지 않았다.

지하철은 더이상 운행하지 않았다. 나는 걸어서 일터로 갔다. 어느 다리 위에서 로베르 모노를 만났다. 그가 말했다. "필립 앙리오[12]의 처형 보았나? 우리 쪽 사람들이 한 거

---

11) 피에르 폴 루아예-콜라르(Pierre Paul Royer-Collard, 1763~1845), 프랑스 혁명기에 활약한 철학자이자 정치가, 아카데미 프랑세즈 회원.
12) 극우 정치인이자 대표적인 나치 부역자.

네."(필립 앙리오는 라디오 연설가였다. 나중에 알게 된 사실에
의하면, 마르셀 데글리암이 지휘한 특공대는 그를 죽일 의향이
없었고, 그저 납치해서 알제나 런던 라디오 방송으로 연설을 하
게 할 생각이었다. 그러나 그가 발버둥 치는 바람에 총이 발사되
고 말았다.) 사무실에서 돌아올 때 나는 튈르리와 육교, 솔페
리노 길을 지났다. 친독의용대가 지키는 건물 앞을 지났다.
필립 앙리오가 처형당한 곳이다. 지금은 그 자리에 사회당
당사가 있다. 나는 의용대 앞을 지나면서 속으로 생각했다.
"내가 알고 있는 걸 저들이 알면 어쩔까!"

몽주 광장

8월 17일. 이날 아침, 나는 사무실로 갔다. 물론 걸어서.
오후엔 사무실로 돌아가지 않을 작정이었다. 더구나 공산
품 분류센터는 아마 곧 문을 닫을 것이다. 2시에 몽주 광장
에서 약속이 있었다. 로베르 모노와 피에르 스티브가 요청
해서 내가 마련한 두 사람의 면담 자리였다. 만남의 목적
은 두 레지스탕스 그룹을 접촉시키려는 것이었다. 모노는
M.L.N.(Mouvement de Libération Nationale, 민족해방운동)을 대

표하고, 스티브는 C.D.L.R.을 대표했다. 로베르 모노와 결혼하게 될 엘리자베트 캉통이 금발머리에 검은 안경을 쓰고 눈에 띄는 차림으로 그 자리에 나타났다. 그녀는 캉토닌을 주로 만드는 리옹 제약회사를 물려받은 상속자이다. 그 주선 후 나는 솔랑주로 가서 저녁식사를 했다.

생미셸 대로

8월 18일 금요일, 나는 아침 8시에 집을 나서서 무프타르 아래쪽 파트리아르슈 목욕탕에서 샤워를 했다. 거리에서 내가 가장 먼저 본 것은 독일제 자동차였다. 빵집 앞에 늘어선 줄은 신기록을 달성했다. 한 가지 눈여겨봐둔 게 있었다. 아침마다 사무실로 갈 때 레 알을 지나가는데, 그곳에는 아직 괜찮은 식당들이 남아 있었다.

10시에 에콜 길을 돌아 생미셸 대로로 접어드는데 총소리가 들렸고, 모두가 뛰기 시작했다. 나도 남들처럼 하는 게 좋겠다는 생각이 들어서 황급히 달려 소메라르 길로 접어들었고, 어느 집 대문 아래에 몸을 숨기고 사태가 진정되길 기다렸다.

독일군은 아무것도 아닌 일로 군중에게 총을 쏘는 것 같았다. 그들은 이번엔 정말 빠른 속도로 이동하고 있었다.

레지스탕스 그룹의 벽보들이 봉기를 촉구하고 있었다.

인쇄소들의 파업으로 신문도 나오지 않고, 병원도 파업상태였다. 지난밤의 폭발은 독일군이 폭파시킨 주유소에서 일어난 것이었다. 나는 모노와 점심약속이 있었다. 어쩌면 그가 새로운 소식을 전해줄지 모를 일이었다. 그는 베르사유에 있는 모양이었다.

사장이 넋 나간 얼굴로 한탄했다. "이젠 정부도 없어." 정부라는 말에 나는 웃음이 터졌다. 점심 때 오페라 광장에서 모노를 기다렸지만 오지 않았다. 온갖 종류의 차량이 정신없이 지나다녔고, 교통정리를 하는 독일경찰들은 아무도 말을 듣지 않자 고래고래 소리를 질렀다. 거의 모든 독일군 차량의 발판 위에는 무장한 군인이 사격 태세를 취하고 있었다. 나는 자전거를 빌려 타고 전속력으로 달려 내가 알고 있는 근황을 알리러 생-베자르의 집이 있는 베르므누즈 공원으로 갔다. 르네 플라송밖에 없었다. 다시 투르느포르 길의 솔랑주 식당으로 점심식사를 하러 갔다. 거기서 마드를 만났다. 잠시 후 우리는 몽주 길을 지나면서 귀한 아이스크림을 살 수 있었다. 바스티유와 대로들을 지나 사무실로 돌아왔다. 통행이 거의 불가능했다. 통조림과 석탄을 구하려고 혈안이 된 군중이 독일인들이 떠난 건물들을 약탈했다. 생드니 근교에서 상점 두 개가 불탔다.

이날 저녁에는 9시에 등화관제가 시작되었다.

창문 너머로 독일군 행렬이 지나가는 게 보였다. 포르루아얄 대로에 민간인은 한 사람도 보이지 않았다. 멀리서 또 폭발음이 들렸다. 오데옹을 따라 코르네유 길에서 진짜 전투가 벌어졌다.

나는 수도꼭지에서 간신히 물을 조금 받았다.

생제르맹 대로

19일 토요일. 이날 아침 봉기가 시작되었다. 시청·법원·노트르담에 삼색기가 걸렸다. 자동차를 타고 지나가던 독일군들이 놀란 눈으로 바라보았다. 나는 본능적으로 봉기의 중심지로 향했다. 그곳에서부터 창문에 플래카드와 삼색기들이 내걸리더니 기름 번지듯 다른 구역들로 퍼져나갔다. 모노와 스티브를 찾을 수가 없었다. 집으로 돌아왔다. 고블랭 구역은 아직 열기에 휩싸이지 않았다. 나는 보이그랜더 카메라를 집어 들었다. 이 기계는 아버지가 내게 남긴 유일한 유산이었다. 시청으로 다시 갔더니 군중은 콩코르드 광장과 대로들에서 독일군이 총격을 가하고 있다는 사실을 알고서 흩어지고 없었다. 나는 리볼리 길로 접어들었다. 피라미드 길에 이르자 좌안에서 총격소리가 들려왔다. 루아얄 다리로 갔다. 총을 발사할 태세를 한 군인들을 차의 양 옆 발판에 태운 독일군 차량들이 지나갔다. 한 트럭에서 체구가 큰 군인 하나가 극도로 긴장한 채 수류탄을 흔들던 모습이 지금도 생생하게 떠오른다. 길 몇 개는 달려서 지나가야 했다. 나는 재킷으로 어깨를 덮고 카메라를 숨긴 채 사진을 몇 장 찍었다. 생제르맹 대로가 진원지인 전투에 슬며시 끼어들었다. 의도하지 않아도 어느 길이건 거쳐야 하고, 또 다른 길로 접어들다 보면 결국엔 궁지에 몰리게 된다. 벨샤스 길과 생제르맹 대로 네거리에서 대로를 건널 사람들은 양손을 번쩍 들어야만 했다. 나는 돌아가서 그 장면을 찍고 싶었다. 국회의사당 뒤로 갔더니 독일군들이 마침 철수하는 중이었다. 얼른 뒷걸음질로 돌아가 벨샤스와 생제르맹 네거리에 이르렀다. 그곳은 조용했고, 이젠 손을 드는 사람도 없었다. 대로에는 탱크가 즐비했고, 기관총을 든 무장 군인들이 거리를 향해 사격태세로 도열해 있었다. 머뭇거리는 표정을 짓지 말아야 했다. 내가 어떻게 벨샤스 길로 곧장 달아나지 않고 대로로 접어들었는지 모르겠다. 위험한 상황이었지만 나는 콩코르드 광장으로 갈 수 있길 바랐다. 그런데 내 재킷 아래로 뭔가를 본 군인이 나를 멈춰 세웠다. 군인은 기관총을 내 코 밑에 들이대고 검색했다. 나는 단속에 대비하여 공산품 분류센터에서 준 독일어로 된 직업증명서를 보여주었다. 그러나 독일군들은 그 서류에 그리 감동하지 않는 것 같았다. 그들은 한참 망설이더니 내 카메라를 빼앗고 나를 놓아주었다. 그들은 카메라를 어느 탱크 포탑 속에 던졌다. 나는 항의하려 했다. "사진… 소중한 건데…" 그러나 상사 계급을 단 군인이 내게 말했다. "가라고!" 말대꾸를 할 여지가 없었다. 나는 콩코르드 방향으로 계속 대로를 따라갈 수밖에 없었다. 건물 문마다 군인들이 여차하면 총을 쏠 태세로 서 있었다. 20미터 가량 갔을 때 나를 검문했던 군인이 소리쳤고, 모든 군인이, 심지어 맞은편 인도 위의 군인들까지 나를 향해 총을 겨누었다. 나는 두 손을 들었다. 그들은 다시 내 몸을 수색했다. 내 재킷 호주머니 속에는 이날 아침 시청 광장에서 산 로렌의 십자가 모양의 삼색휘장이 들어 있었다. 그런데 그들은 아까 그걸 보지 못했고, 나도 까맣게 잊고 있었다. 나는 등에 겨눠진 기관총을 느끼며 잠시 기다렸다. 기관총을 든 군인이 나를 밀었다. 나를 어딘가로 데려가는 줄 알고 걸음을 뗐다. 그런데 그게 아니었다. 그는 좀 더 편안하게 내가 벽을 마주하고 돌아서길 바랐다. 그때서야 이제 끝장이라는 생각이 들었다. 잔뜩 주의를 기울인 채 마음속으로는 삶에서 아직 내가 아무것도 이룬 게 없다 싶었고, '그런데 벌써'라는 생각이 들자 화가 났다. 나는 곧 벌어질 일 앞에서 죽음을 본 게 아니라 삶의 끝을 보았다.

자기 집 문 앞에서 벌어지는 이 장면을 지켜보던 두 노인 (지금은 그곳이 위니베르시테 길이었는지 릴 길 모퉁이였는지 모르겠지만, 두 노인은 아마 독일 대사관 직원들이었던 것 같다) 이 독일군들에게 내가 이해하지 못하는 그들 언어로 뭔가를 말했다. 그들 사이에 논쟁이 벌어졌고, 맞은편 군인들이 불려왔다. 결국 그들은 내게 가라는 신호를 했다. 나는 가도 되는 건지 알 수가 없었다. 의구심이 들었지만 이 상황에서 더 위험할 게 없다고 생각했다. 명령하던 독일군이 거듭 손짓을 했다. 나는 한 걸음을 뗐고, 다시 한 걸음을 더 걸었다. 그렇게 소심하게 그 자리를 떠나면서 나를 다시 부르는 건 아닌지 보려고 고개를 돌리곤 했다.

그 후 들은 말로는 청년들이 나와 같은 일을 당하고 가장 많이 죽은 곳이 생제르맹 대로였다고 한다.

나는 집으로 돌아가고 싶었다. 생제르맹 대로 끝에 이르러 강변 쪽으로 갔고, 솔페리노 다리를 지나 리볼리 길로 꺾었다. 그러곤 어느 카페에 들러 박하음료를 마셨다. 갈증이 도무지 가시지 않았다. 카페는 막 문을 닫을 참이었다. 오후 두 시부터 등화관제가 시작되기 때문이었다. 나는 오데옹 길에 사는 친구 앙드레 브란을 보러 갔다(그러느라 그 빌어먹을 생제르맹 대로를 다시 건너야 했다!) 우리는 오후 네 시까지 함께 있다가 밖으로 나왔다. 생제르맹 대로에서는 여전히 전투가 한창이었다. 어디로 접근하건 그랬다. 젊은 변호사인 브란은 나를 법원 뒤쪽으로 이끌었다. 우리는 꽤 어렵게 법원 안으로 들어갔다. 법원 경찰들이 그곳을 점거하고 창문에서 강변이나 다리 위를 지나가는 독일군 차량에 총을 쏘고 있었다. 그들은 우리에게 그곳에 있으라고 제안했지만 우리는 그럴 마음이 없었다. 그래서 거의 쉬지 않고 우리 귓전을 스치는 총알을 피해 달렸다. 그렇게 고블랭 구역의 내 집까지 갔다(생제르맹과 생미셸 대로들을 어렵게 건너서). 그곳은 고요했다. 포르루아얄 대로에서 죽은 사람은 단한 사람뿐이었다. 생제르맹 대로 주변 길들에 널렸던 독일군 시신들에 비하면 그건 아무것도 아니었다! 우리는 내게 남은 마지막 식량인 참치캔 하나를 먹었다. 그러곤 의용대 때문에 문을 닫았다가 다시 연 바에서 술을 마셨다. 그 후엔 몽주 길에서 아이스크림을 먹었다. 브란은 시청 상황을 보고 싶어 했다. 몽테뉴생트주느비에브 길 부근에서 생제르맹 대로를 다시 건너는 건 정말이지 어려운 일이었다. 걷는 게 불가능한 강변길과 건널 수 없는 다리들. 강변을 향해 일제사격이 쏟아지는 가운데 우리는 엎드린 채 스티브와 르네를, 그리고 장-루이(C.D.L.R.의 일원인 자크 위토)까지 보았다. 다섯이서 총탄이 쏟아지는 가운데 투르넬 근처의 어느 건물 안으로 피신하려고 시도했다. 여자 수위가 우리 코앞에서 문을 닫았다. 우리는 일렬로 나아갔다. 사이드카 한 대가 맞은편에서 느리게 다가왔는데, 뒷좌석에 앉은 남자는 기관총을 들고 있었다. 우리는 그의 눈길에서 이런 마음을 읽었다. '쏠까?'

생자크 길 31번지

C.D.L.R.은 생자크 길 31번지에 사무실이 있었는데, 스티브가 가려 한 곳이 거기였다. 겨우 두어 발짝 떨어진 곳을 거의 한 시간이나 걸려 도착했다. 이 사령부는 두 노처녀 교

수 에테 자매의 집에 자리 잡았다. 유조트럭 한 대가 불타고 있었고, 불길은 강변 모퉁이의 호텔까지 번졌다. 전투는 전면전이었다. 레지스탕스 편으로 넘어온 소방관들이 발포하고 있었다. 꼼짝 못하게 된 독일군 탱크들도 사방으로 마구 쏘아댔다. 나는 스티브와 다시 만나고 레지스탕스와 접촉하게 된 것이 기뻤다. 누군가 내게 C515라는 번호가 적힌 완장을 주었다.

밤에 나와 브란에게는 생도미니크 길에 있는 스위스 영사관까지 가는 임무가 떨어졌는데, 도무지 불가능한 일이었다. 독일군들에게 17구의 구청에서 포위당해 꼼짝 못하는 우리 동료 70명을 처형할 경우 반드시 보복할 거라는 메시지를 전하는 임무였다. 하는 수 없이 영사관과 독일군 사령부에 전화를 걸어 위협을 전했다.

생미셀 대로는 엉망으로 망가졌고, 창문들은 모조리 깨졌다. 특히 뒤퐁 브라스리가 심각하게 훼손되었다. 전투 소리가 들렸다. 나는 브란의 집으로 자러 갔다. 우리는 면을 삶아보려고 애썼다.

저녁 이후 시간이 어찌나 파란만장했던지 아침에 생제르맹 대로에서 겪은 일은 잊어 버렸다.

독일군은 파리에서 포위당한 모양이었다. 그러니 오히려

끝까지 싸울 것이다. 싸움은 길어질 수 있다. 미군들은 어디 있는지 모르겠다.

시청 광장

8월 20일 일요일. 아침 일찍 브란과 함께 생자크 길의 사령부로 갔다. C.D.L.R.의 동지들 대부분은 동이 트기 전에 레오 아몽을 따라 떠났다. 그들은 시청을 점령하라는 명령을 받은 것이다. 우리는 한동안 생자크 길과 시청 사이의 연락을 맡았다. 일제사격은 여전했다. 특히 다리들과 노트르담 성당 앞 광장에서 심했다. 성당 정면은 총알구멍으로 뒤덮였다.

여성 연락책 조 마세가 생자크 길에 도착했다. 알라르(피에르 알레캉)가 서명한 서류 덕에 그녀는 장티의 경찰서에서 경찰이 운전하는 견인차를 징발해왔고, 파리에서 무슨 일이 일어나고 있는지 보고 싶어 한 다른 무장경찰까지 데리고 왔다. 경찰들은 그리 열성적이지 않았고 겁에 질려 있었다. 조와 나는 두 경찰에게 앞쪽에 앉으라고 명령했다. 조는 뒷자리에 탔고, 그녀 위로 자전거 한 대를 밀어 넣었다. 그리고 나는 차량 오른쪽 앞날개 위에 엎드렸다. 왜? 아마 그래야 어울린다고 생각했을 것이다. 앞부분 날개에 그렇게 엎드린 사람들을 태운 견인차들이 지나가는 걸 보았기 때문이다.

내가 "시청으로 갑시다"라고 말하자 운전수가 대답했다. "나한텐 합법적인 통행증이 없어요!" 첫 번째 강둑은 무사히 통과했다. 차는 속도를 늦췄고, 나는 독일군이 있는지 살폈다. 그런데 두블 다리에 이르자 운전수가 겁에 질려 시청까지 번개처럼 내달렸다. 우리가 시청에 도착한 바로 그 순간 일제사격이 시작되었다. 보초를 선 경비들은 철책을 열어주지 않았다! 우리 차는 그렇게 시청에 도착했다.

도지사 집무실에 가보니 생-베자르가 잡다한 사람들 틈에 군림하듯 자리 잡고 있었다. 를롱 디자인의 드레스를 차려입은 여자들, 총을 든 수염 덥수룩한 사내들. 자동차 한 대만 지나가도 온 창문에서 총을 쏘아댔다. 온종일 내가 본 건 파괴된 차량들, 약탈당한 건물들, 기름과 피가 고인 웅덩이들, 시신들뿐이다. 우리도 상당히 많은 사람을 잃었지만 독일군 쪽 피해가 더 컸다. 아마 우리의 열 배가 넘을 것이다. 독일군들을 생포한 청년들이 그 적들을 죽이는 걸 막기란 아주 어려운 일이었다. 한번은 장-폴 사시와 함께 리볼리 길에서 그러려고 애쓴 적이 있었다. 한 가련한 독일군 병사가 골목에 숨어 있었다. 우리는 권총을 든 채 그를 끌어 내려 갔다. 내 말은 그를 풀어주려고 갔다는 얘기다. 그 포로를 온전한 상태로 시청까지 데려가기 위해서는 젖 먹던 힘까지 짜내야 했다. 우리가 그를 달래서 데리고 가는 동안 그는 거듭 말했다. "죽이지 말아주세요… 죽이지 말아주세요…."

시청 얘기를 좀 더 하자면, 그곳은 어마어마한 곳이었다. 결국 1200명이나 모였다. 남자들·여자들·청년 운동단체·경찰·기동헌병대. 지하실에는 테탱제 시의회 의장과 뷔시에르 경찰청장이 인질로 잡혀 있었다. 곳곳에서 식량과 담배·탄약을 나눠주었다. 그런데 나는 C.D.L.R.을 대표하러 18구로 가야 했다. 몽마르트르에서 위험한 순간을 겪고 나서야 나는 구청에 들어갈 수 있었다. 엄청나게 무질서했던 그곳은 차츰 질서를 찾아가는 것처럼 보였다. 우리(해방위원회)는 발코니에 섰다. 열광하는 군중 앞에서 짧은 연설이 있었다. 위원회 내부에서 공산주의자들과 비공산주의자들 간의 갈등이 느껴졌다. 얼마 후 나는 다시 시청을 향해 떠났다. 문에서 문으로 달리고 기었는데, 절대 목적지에 도달하지 못할 것만 같았다. 독일군들이 보이는 리볼리 길 근처에서는 잠시 숨어 있었다. 그들이 골목으로 들어와 온갖 서류를 지니고 완장을 찬 나를 발견하면 어쩌나 하는 두려움에 떨며. 원칙적으로는 휴전협정이 있었지만 전혀 지켜지지 않았다. 시청에서 한동안 시간을 보낸 뒤 나는 18구를 향해 다시 걸었다. 총알이 휙휙 스치는 소리와 빵 배급표 얘기며 한가한 잡담의 대비가 도드라졌다. 나는 직무를 넘겨줄 사람을 찾은 뒤(그 작자는 나중에 사기꾼으로 밝혀졌다) 시청으로 돌아왔다. 이번에는 독일 탱크들이 마젠타 대로에서 불을 뿜었다. 독일군은 경찰관 여섯 명을 북 역 철책에 직접 목매달았다.

시청에서 나는 샌드위치를 먹었다. 이틀 동안 먹은 거라곤 샌드위치뿐이다. 우리는 스웨덴 영사관에 전화를 걸었다. 5분마다 전화해서 독일군의 용납할 수 없는 도발을 고발하면서 우리의 도발은 말하지 않았다. 얼마 후 나는 르네 플라송과 함께 걸어서 집으로 돌아왔다. 같은 동네에 살고 있었기 때문이다. 생제르맹 대로는 조용했다. 나는 오데옹 길에 있는 브란의 집에 가서 잤다.

상황이 나아지고 있는 걸까? 내 생각엔 별로 좋아 보이지 않았다. 베르사유에는 미군이 없으니 독일군 3개 기갑사단을 미군들 앞으로 지나가게 해야 한다. 우리에겐 이제 탄약

이 많지 않다.

르네와 나는 우리가 이렇게 분투하는 동안 마드와 카시가 자고 있을 것이라고 추측했다. 마드와 그의 남편은 트로츠키주의자들이어서 이런 말만 거듭했다. "이 전쟁은 우리의 전쟁이 아니고, 이 혁명은 우리의 혁명이 아니다."

총격이 쏟아지는 동안 시청 내부에서는 여자들이 바닥에 엎드린 채 임무 명령서에 스탬프를 찍고 전화 거는 일을 도맡았다.

8월 21일 월요일. 한결 조용한 날이었다. 이상하게도 시청이 내 집처럼 여겨지기 시작했다. 브란과 나는 라발에게 통치 계획을 제안하러 왔다가 그가 없으니까 할 수 없이 우리를 붙잡고 늘어진 웬 미친 작자의 긴 강연을 들어야 했다. 4시경, 나는 두 여자친구 마디 마로와 드니즈 조슬로우가 필요해서 데리러 갔다. 마디는 내가 포 고등학교에서 알게 된 명석한 수학자 레몽 마로의 누이였다. 소아마비에 걸린 레몽은 걷는 게 힘들어서 위대한 레지스탕스 대원이 되지 못했고 연애도 못했는데, 특히 도미니크 드장티와 이뤄지지 못했다. 한때 내가 S.T.O.(대독협력 강제노동국)로 보내질까 겁냈을 때 가짜 신분증을 마련해 준 사람이 그였다. 창문에서 우리를 향해 총격이 쏟아졌는데, 사격수 한 명을 잡고 보니 프랑스인이어서 모두가 사납게 그에게 달려들었다. 일제사격이 쏟아지는 가운데 바짝 엎드려서 아르콜 다리를 통과했다. 나는 넥타이를 고쳐 맸다. 이날 저녁에는 시청의 도지사 집무실에서 잤다. 괴상야릇하게 먹긴 했지만 잘 먹었다. 잼 한 사발과 콩을 먹고, 마지막으로 정어리를 먹었다. 튜브에 든 독일 치즈도 있었고, 빵은 양껏 먹을 수 있었다. 담배도 주머니 가득 챙겼다.

모노 집에 전화를 걸었다. 토요일 저녁에 체포되어 콩티낭탈로 끌려갔다고 한다. 틀림없이 총살당했을 것이다.

일명 마르티니라 불리는 베포 보고니, 반파시스트주의자 이탈리아인으로 마디 마로의 친구인 그가 이날 저녁 시청에 왔다.

8월 22일 화요일. 도지사 집무실을 떠나지 않았다. 아침에 마디와 드니즈를, 그리고 레몽 마로까지 찾으러 갈 때만 예외였다. 쉬운 여행이었지만 강변길에서는 몸을 숨기기 위해 어느 차고의 문을 걷어차 열어야 했다. 이젠 휴전을 생각할 때가 아니었다. 시청은 탱크 두 대의 공격을 받았다. 건물은 뿌리 뽑힌 것처럼 꼭대기가 훼손되었고, 유리창이 박살났으며, 도지사실 안까지 공격받았다(골라서 공격을 한 건 아닐테지만). 여자들과 전투에 도움이 안 되는 사람들은 서

둘러 밖으로 내보내고 탱크 한 대를 무력화시키긴 했지만 우리의 상황은 거의 절망적이었다. 다른 탱크는 떠났다. 독일군은 현장에 시신과 포로, 부상자, 전리품과 특히 탄약을 가득 실은 차량만 남겨두었다. 탄약은 우리에게 절실히 필요했다. 열광은 대단했다. 광장에는 피와 기름 웅덩이, 시체들, 뒤집힌 오토바이 한 대, 차량들, 탄약상자를 들고 달리거나 탈환한 차량을 미는 우리 측 사람들이 보였다. 창문마다 사람들이 환희의 고함을 내질렀다. 두 시간 뒤 트럭 한 대가 강변에 멈춰 세워졌다. 포로 여섯에 사망자 두 명. 나는 사망자 한 명을 끌고 왔다. 무거웠지만 뛰어야만 했다. 아침에 밝은 색 재킷에 새 넥타이를 매고 나왔는데, 피범벅이 되었다. 이 사무실 저 사무실로 기어 다닌데다 시신이 피를 오줌처럼 흘리고 있었으니 그런 옷차림을 한 건 아주 기막힌 생각이었다.

마로와 함께 기자 몇 사람을 맞이했다. 도심에서는 예전처럼 신문을, 레지스탕스의 새 신문을 받으려고 사람들이 줄을 서 있었다.

로베르 모노는 풀려났다. 독일군 포로들과 맞교환된 것이다.

5구에서는 고블랭부터 생미셸 대로까지 온종일 전투가 있었다. 구청은 이날 오후 독일군 손에 넘어갔다. 그 많던 탱크들은 제7군의 패잔병들이었을까? 언제쯤 연합군을 볼 수 있을까? 나흘째 우리는 적군에게서 탈취한 얼마간의 무기만으로 버티고 있다. 대개는 공갈 덕에 버티는 것이다. 그렇지만 나는 갑갑해서 전투가 멈출 순간을 생각한다. 호화로운 도지사 집무실을 상상해보기도 한다. 목재 내장재, 거울, 금도금, 귀한 가구들. 창가에서 총을 쏘는 F.F.I.(프랑스 항독대원들), 탁자 밑에서 토론하는 요인들 옆에서 나는 샌드위치를 먹는다. 브란은 한쪽 구석에서 라디오 주파수를 맞추며 재즈음악을 찾고 있고, 한 카메라맨은 쉬지 않고 촬영을 하고 있다.

시청의 군사 지휘관을 자청한 묘한 청년 로제 스테판이 두 가지 일일명령을 내렸다.

일일명령 1호

시청의 F.F.I. 위원회는 우리 측의 인명피해 없이 독일군의 공격을 완벽한 승리로 바꿔놓은 동료들을 개별적으로 치하한다.

독일군은 두 명이 사살되었고, 두 명이 부상당했으며, 세 명이 생포되었다.

탈취한 트럭에서 가져온 탄약 덕에 이제 시청 방어는 확보 되었다.

센 지역 도지사와 C.P.L.이 함께 치하한다.

시청 F.F.I. 책임자

로제 스테판

일일명령 2호

1944년 8월 22일 파리

I. 어제 낮에 벌어진 두 차례 공격을 결산하면 다음과 같다

적군은 사망자 14명, 부상자 4명, 포로 14명을 남겼다.

우리 측은 가벼운 부상자 한 명뿐이다.

압수한 전리품은

탱크 1대, 트럭 6대, 트레일러 1대, 휘발유 2천 리터, 대공 기관총 1정, 탄약 딸린 소기관총 2정, 탄약 딸린 러시아 기관총 2정, 수류탄 2박스, 총알 7박스, 소총 6정.

거듭 말하지만 시청 방어는 확실히 보장되었다.

F.F.I. 지휘부와 센 지역 도지사, C.P.L.은 이 전투에 가담

한 전우들을 거듭 치하한다.

II. 나의 권유에 따라 F.F.I. 사령부는 광장의 최고사령관에 L(랑드리) 소령을 임명하기로 결정했다. 소령은 두 번의 전쟁에서 활약한 우수한 장교로 독일에서 포로가 된 바 있고, 파리 지역 F.F.I.의 첫 번째 사령관을 역임했으며, 레지스탕스에서 활동한 죄목으로 4년 동안 프렌 교도소 에서 복역하다가 탈출한 사람이다.

시청 F.F.I. 사령관

R. 스테판

3일 뒤, 파리는 해방되었고, 한결같은 괴짜 로제 스테판 은 리츠 호텔로 가서 묵었다.

8월 23일 수요일. 방문객·전화·언론·경보·폭발로 산산 조각 나서 날아가는 유리창과 돌조각. 거의 습관이 된 하루 를 보내고 밤 11시에 저녁식사를 했다. 브리지트 세르방-슈 레버에게 빌린 라이카 카메라로 신문에 실을 사진을 찍었 다. 브리지트는 장-자크의 누이이며, 레오 아몽의 연락책이 다. 그녀는 믈렁 근처에서 독일군에게 체포된 적이 있었다. 그러나 그들은 그녀를 오래 잡아두지 않은 대신 흠씬 두들

겨 팬 뒤 풀어주었다. 그녀는 시청에 태풍처럼 들이닥치며 외쳤다. "레오, 어디 있죠? 레오, 어디 있어요?" 그러더니 곧장 내게 발가벗은 자신의 사진들을 보여주었다. 독일군이 자신에게 가한 폭력의 흔적을 사람들이 볼 수 있도록 찍게 한 사진들이었다. 등 전체에 줄무늬가 나 있었다.

나는 기자들이 르포르타주를 쓰도록 이런저런 이야기들을 해줬다. 브란·르네·마로와 패거리. 우리는 친구처럼 한 팀이 되어 일했다. 아주 재미있었다. 온갖 종류의 소식이 도착했다. 전투·보급·정치·행정·체포·지역 위원회 등. 우리는 거르고 검열했다. 명령·타이어 교환권·보급 등 별의별 요구들이 우리에게 떨어졌다.

나는 다시 시의회 일을 보러 가야만 했다. 이번에는 2구이다. 이런 순전히 정치적인 임무는 나를 질리게 한다. 다행히 돌아올 때는 기분전환거리가 있었다. 시청에 가까이 다가오자 전투가 벌어지고 있었다. 그래도 앞으로 나아가보려 하다가 시청 시장 앞에서 탱크가 공격을 한 바람에 옴짝달싹 못하게 되었는데, 하는 수 없이 달려서 전투가 한창인 광장을 가로질러야 했다. 이러다가 스스로 불사신이라 믿게 될 것 같다. 나를 보고 르네가 고함을 질러댔다. 뭔지 모르지만 좋은 말인 듯했다.

새 신문들에서는 피에르 세게르·클로드 루아·세넵 등의 글을 볼 수 있었다. 그로브의 데생 한 점이 이런 명문과 함께 실렸다. "카르타고처럼 영국도 그대에게 말할 겁니다…."(〈라디오-파리〉에서 언제나 "카르타고처럼 영국도 파괴될 것입니다"라는 말로 마무리 짓던 장 에롤드-파키의 논평에 대한 암시다.) 드골의 초상화가 없어서 그를 그린 작은 불법 그림딱지를 확대했다. 이 즉흥적인 복제물에는 사진을 지탱하는 압정들도 보인다. 나는 그것을 내 사무실 안에, 그때까지 얼굴을 거꾸로 뒤집어 놓았던 페탱의 사진 자리에 두었다. 많은 시의원들의 사진도 거꾸로 걸어두었다.

이날 저녁 전투는 우리 측의 대승리로 끝이 났고, 독일군의 트럭과 대포들이 박수갈채를 받으며 끌려왔다.

밤 열두 시 반. 이웃 사무실에서 한 잔 마시자고 연락이 왔다. 모두가 조금은 미친 것 같았다. 독일군이 팔레루아얄에서 시청과 연결된 지하철로로 침투했다는 소식을 들었다. 나는 이 행복한 소식을 혼자 간직했다. 다른 사람들은, 특히 여자들은 자도록 내버려두려고.

오늘 오후 2시에 르클레르[13] 부대가 아르파종에 있을 거라는 연락이 왔다. 뉴올리언즈 출신으로 모두가 프랑스어를 말하는(!) 미군들과 함께 있는데, 몹시 지쳤지만 사기는 충

천해 있다고 한다.

8월 24일 목요일. 그들이 왔다!

우리는 구내식당에 있었다. 로제 스테판이 불쑥 나타나더니 알렸다. "그들이 센 강을 건넜다!" 모두가 기쁨의 탄성을 내지르며 밖으로 나갔다. 광장에 르클레르 부대의 첫 차량들과 경장갑차들이 도착했다. 우리는 무기에 남은 탄환을 허공에 대고 쏘았고, 폭죽도 터트렸다. 나는 탱크에 기어올랐다. 프랑스군이 탄 탱크들이었다. (사실은 누에바의 에스파냐 공화파들, 제2 기갑사단의 9중대였다.) 집단적인 광란의 현장이었다. 도지사 집무실에 있던 150명, C.N.R.과 비도[14]를 비롯한 모두가 미친 듯이 기뻐했다. 맞은편 집들에서 친독의용대가 쏘는 총알이 쏟아졌다. 마로와 친구들 곁에 있던 한 명이 피살되었다. 마디도 피투성이가 되었다. 나는 모든 신문에 전화를 걸었다. 사방에서 종이 울려 파리 곳곳으로 울려 퍼졌다. 전화를 걸 때마다 환호소리가 화답했다. 모노와 함께 베를리츠 궁에서 독일군의 공격을 받고 있

---

13) 필립 르클레르 드 오트클로크Philippe Leclerc de Hauteclocque. 레지스탕스 대원이자 군인으로 제2차 세계대전 때 프랑스 자유군 사령관으로 활약해 사후에 원수元帥로 추대된 인물.

14) 조르주 비도Georges Bidault. 프랑스 레지스탕스 대원이자 정치인.

던 M.L.N.과 통화했을 때 특히 그랬다. 모노의 누이가 바닥에 엎드린 채 전언을 받았다.

얼마 후 르클레르 부대가 다시 떠나면서 우리에게 탱크 두 대를 남겨주었다. 우리는 전투를 위해 방어진지를 구축했다. 파리 곳곳에서 총격이 들렸다.

8월 25일 금요일.

마로는 탁월한 통찰력을 발휘해 언론에 정보를 제공한다. 오늘은 내가 그 업무를 맡았다. 상황은 대단히 혼란스럽다. 파리 전역에서 탱크를 내세운 전투가 벌어지고 있다.

베를리츠 궁에서는 더이상 대답이 없다. 그들이 궁을 무사히 탈출했기를 바랄 뿐이다.

잠을 못 잤다. 한 친구를 다시 만났기 때문이다. 투르느포르 길에 있는 솔랑주에서 만났던 조르주 팡슈니에. 나중에 라디오 리포터가 될 인물이다. 그는 공중침투와 구출 전문가이다. 파리 이전에 알제와 튀니스에서 활약했다.

우리의 도지사 집무실에서 드골을 보았다. 집단적인 광란의 날이다.

샹젤리제 회전교차로

8월 26일 토요일. 샹젤리제 거리 행진. 회전교차로에서 곳곳에 숨어 있던 친독의용대의 총살이 있었다. 군중 사이에 공포가 퍼졌고, 곧 통상적인 전투가 벌어졌다. 내가 탄 차량 지붕을 총알 두 발이 뚫고 나갔다. 샹젤리제에서 총살형이 집행되는 와중에 위게트(1943년에 에스파냐로 넘어갈 수 있게 내가 힘써준 위게트 고생Huguette Gossin)를 만났다. 그녀가 피레네 산악지대 사랑콜랭 근처에 서 있던 모습이 지금도 눈에 선하다. 우리는 한순간 풀밭에 앉아 쉬었다. 햇볕 아래 누운 위게트는 흰색 사틴 팬티가 드러나는 것도 개의치 않고 다리와 허벅지를 드러냈다.

샹젤리제 가 63번지

파리가 해방되었으니 우리는 더이상 시청에 머물지 않았다. 유니폼을 다시 꺼내 입고 사슬을 장착한 경비들이 우리가 어질러놓은 걸 봤다면 우리가 떠난 걸 아주 흡족해 했을 것이다. 우리는 샹젤리제 가 63번지에서 사무실로 쓸 공간들을 발견했다.

우연히 들어간 아파트에서 친구들과 며칠 밤을 보내기도 했다. 그중 몽테뉴 가에 있던 아주 호사스런 아파트 하나가 생각난다.

새 사무실에서는 자주 기이한 광경을 볼 수 있었다. 특히 어느 정도 부역에 가담한 예술가들이 명예를 회복할 목적으로 우리를 위해 특별공연을 해주겠다고 찾아왔다. 그런 식으로 나는 페르낭델[15]이 몇 시간 동안 의자에 앉아 감언이설을 늘어놓는 걸 보았다.

우리는 신문 창간도 착수했다. 9월에는 〈리베르테Libértés〉를, 10월에는 〈볼롱테Volontés〉를 창간했다. 한 번도 내 능력을 입증해보인 적이 없건만 사람들이 나를 이 일간지들 쪽으로 몰고 갔다. 그 이유는 지금까지도 모르겠다.

내가 목도한 몇몇 기괴한 일들 중 하나는 어느 날 조르주 바타유가 자기소개를 하는 장면이었다. 그는 내게 자신이 지식인들 사이에서는 높은 평가를 받지만 대중에게는 알려지지 않은 작가라고 설명했다. 그래서 마침내 대중과 접촉하기 위해 〈볼롱테〉에 글을 쓰고 싶다고 했다.

---

15) 프랑스의 희극배우(1903-1971)

청소년기에 포에서 알았던 여자친구 질베르트 부아예가 파리로 '상경'해서 내게 일자리를 부탁해왔다. 나는 그녀를 〈볼롱테〉에 자료정리 및 문서관리 담당자로 취직시켰다. 어느 날, 우편담당직원이 자리를 비웠다. 그의 아내가 출산 중이었기 때문이다. 우리는 질베르트에게 브라사이[16] 집에 가서 사진을 받아올 것을 부탁했다. 그 인연으로 그녀는 나중에 브라사이의 아내가 되었다. 〈볼롱테〉의 원래 이름은 〈레지스탕스 사람들의 볼롱테〉로, 장 드 보귀에라는 부자가 자본금을 댔다. 전쟁 중에 그는 바이양이라는 이름으로 활동했는데, 레지스탕스 군 지휘부(C.O.M.A.C.)의 세 리더 중 한 사람이었다. 〈볼롱테〉의 편집장은 미셸 콜리네였고, 장 될락·앙드레 티리옹·장 드 보귀에가 편집위원을 맡았다.

티리옹·콜리네를 필두로 우리는 초현실주의에 연루되었다. 내 기억이 잘못된 게 아니라면 콜리네는 브르통의 전부인과 결혼했고, 티리옹은 도밍게즈가 삽화를 그린 에로틱한 초현실주의 작품 《위대한 범인凡人》의 저자다. 해방의 나날 동안 티리옹은 아름다운 모니크와 사랑에 빠졌고, 우리 동지 중 한 사람과 사랑 경쟁을 벌였다.

---

16) 사진집 《밤의 파리》로 유명한 프랑스의 사진작가(1899~1984).

〈볼롱테〉는 1944년 12월부터 1945년 12월까지 지속되었고, 55호까지 발행되었다. 피에르 에르바르트의 글을 볼 수 있었고, 낱말퍼즐에서는 트리스탕 베르나르를 만날 수 있었다! 엘리자베트 모노가 추천한 필립 쥘리앙이 삽화를 그린 단편들. 헤밍웨이의 소설 한 편도 실렸었는데 제목은 기억나지 않는다. 그리고 정치기사들과 레지스탕스에 관한 추억들이 실렸다.

이 모든 일이 조금은 우연히 시작되었고, 그래서 아마추어적인 면이 많았다. 〈볼롱테〉 첫 호를 인쇄하기 전 마지막 단계에서야 앙드레 티리옹은 주간의 이름이 빠져있다는 것을 알아차렸다. 그는 내 의견을 묻지도 않고 머리에 처음 떠오른 이름을 넣었는데, 그것이 내 이름이었다.

얼마 후, 도리오[17] 추종자이자 비시 정부의 정무차관으로 프렌 교도소에 갇혀 있던 펠로르송이 내게 '볼롱테'라는 상표가 자신의 것이라며 소송을 제기했다. 그는 전쟁 전에 같은 제호의 신문을 만들었다. 주간인 내가 책임져야 했다. 나는 티리옹에게 이 난국에서 날 빼달라고 말했고, 그 이후로는 이 얘기가 들리지 않았다. 펠로르송이 레지스탕스 신문

---

17) 공산주의자였다가 파시스트가 된 프랑스 정치인이자 기자 자크 도리오(1898~1945).

을 상대로 분쟁을 계속할 만한 상황이 아니어서, 그의 고소가 기각되었을 것이라는 게 가장 믿을 만한 설명일 것이다.

나중에 펠로르송을 만나게 되었는데, 그는 조르주 벨몽이라는 이름으로 헨리 밀러 작품의 번역자이자 마르셀 프루스트의 하녀 셀레스트 알바레의 대화상대로 둔갑해 있었다. 우리는 그 소송 건에 대해 아무 얘기도 하지 않았다.

끝까지 나는 주간으로 기록되었다.

레오뮈르 길 100번지

C.D.L.R.에서 발행한 또 하나의 일간지가 〈리베르테〉였다. 처음에는 이탈리아인 식자공인 토리엘리가 사장이자 거의 유일한 편집자였는데, 그는 피에르 랭베르라는 이름을 사용했다. 랭베르는 전쟁 전에는 〈랭트랑지장L'Intransigeant〉지紙의 건물이었고 독일 점령기에는 독일 일간지 〈파리저 자이퉁〉의 소유였던 레오뮈르 길 100번지의 큰 건물에 있던 〈파리저 자이퉁〉 사장의 아파트에 당당히 자리 잡았다. 나는 그를 돕는 역할로 파견되었다. 나는 여러 가명으로 기사들을 써서 한 페이지를 채웠고, 책과 연극, 영화의 평론도

썼다. 그 후 우리는 프랑수아 에르발, 일명 브리종이라 불린 로샥Lochack 같은 여러 흥미로운 인물들의 도움을 받았다. 한 영국 신문의 파리 통신원이었던 조지 오웰도 〈리베르테〉를 눈여겨보았다. 어느 날 그가 신문과 관련된 회의에 왔다. 평생 나를 따라다닌 후회 중 하나는 내가 조지 오웰을 알았던지 기억해내지 못한다는 것이다. (로베르 라퐁 출판사에서 만난 것 같기도 하고 만나지 않은 것 같기도 한 말콤 라우리에 대해서도 마찬가지이다.)

이렇게 레오뮈르 길에서 나의 신문기자 경력이 시작되었다. 더 재미난 건 이 경력 전부를 그 큰 건물에서 쌓았다는 사실이다. 내가 일한 모든 신문사들이 그 건물에 들어 있었다. 사람들의 말에 따르면 그 레오뮈르 길 100번지는 기적의 궁전[18]이 있던 자리에 건설되었다고 한다.

〈리베르테〉에서 일할 때 나는 계단에서 카뮈와 마주치곤했다. 그러니까 그해 초 장-투생 드장티가 내게 했던 말이 맞았다. 그 카뮈는 〈콩바〉의 편집장이 되었고, 알제와 레지스탕스에서 함께한 그의 오랜 친구 파스칼 피아는 그 신문사의 사장이 되었다.

---

18) 파리의 거지와 부랑배들이 모여 살던 구역에 붙인 이름.

기독민주주의 신문 〈로브L'Aube〉가 어느 날 카뮈와 사르트르를 공격했다. 두 사람을 실존주의 철학 신봉자들, "무의미와 절망의 철학자"들이라 지칭하며—더구나 실존주의 철학자라는 분류는 카뮈에게는 맞지 않는 말이었는데—이들이 하이데거의 제자들이니 곧 나치라고 공격한 것이다. 허약한 내가 무슨 정신으로 그랬는지 모르겠지만, 나는 그 어리석은 공격을 규탄하기 위해 〈리베르테〉에 기사를 썼다. 계단에서 만난 카뮈가 내게 고마움을 전했다. 얼마 후 그는 내게 〈콩바〉의 연극 지면을 맡아 달라고 제안했다. 그 제안을 받아들이면서 나는 편집진에 온전히 소속되고 싶다고 말했다. 3주 후, 그가 말했다. "자크 르마르샹이 막 파리로 돌아왔네. 그는 진짜 연극인이야. 자네가 맡은 연극 지면을 그에게 넘긴다면 자네를 편집진으로 채용하겠네. 피아도 동의했어. 그를 만나러 가자고." 그리고 덧붙였다. "난 자네가 쓰러지는 걸 가만히 보고 있진 않을 걸세."

샤젤 길 1번지

로베르와 엘리자베트 모노는 이제 몽소 평원의 샤젤 길

에 살았다. 나는 그들 집을 자주 찾았는데, 한 번은 거의 공적인 만남이었다. 내가 기자가 되었기에 그들은 내게 소식을 알려주고 싶어 했다. 그들이 다른 많은 사람들과 함께 목숨을 잃을 위험까지 무릅쓰며 지켰던 레지스탕스 비밀신문 〈데팡스 드 라 프랑스Défense de la France〉가 막 아셰트의 소유가 되었고 〈프랑스 수아르〉로 이름이 바뀌었던 것이다. 두 사람과 가장 가까운 레지스탕스 친구들의 배신 때문에 벌어진 일이었다.

팔레 대로

나는 법정 사건을 담당하는 기자로 많은 소송을 지켜보았다. 특히 숙청 소송들을 보았다. 첫 번째는 1944년 말 즈음이었다. 마르셀 데아[19]의 오른팔이었던 알베르티니를 판결하는 재판이었다. 나는 법원 건물에 들어섰고, 공판이 있을 중죄재판소를 찾다가 길을 잃었다. 좁은 복도와 어두컴컴한 계단을 따라가다가 그만 피고인석까지 이르게 되었다.

---

19) 독일 점령기에 독일에 부역했던 프랑스 정치인.

이내 바른 길로 접어들어 언론인석에 도착해 클로드 루아 옆자리에 앉았다.

곧 가장 절친한 친구가 될 클로드 루아를 나는 오래 전부터 존경해왔다. 고향에 있을 때부터 피에르 세게르의 잡지 〈포에지〉 41, 42, 43호에 실린 그의 글을 읽었다. 그 글에서 그는 비시 정권의 작태와 그 시절의 풍조를 조롱했다. 1943년 5월에 그가 쓴 어떤 역 도서관에 대한 묘사나, 암시장에서 《바람과 함께 사라지다》를 팔아 파리 여행 경비를 벌었던 선량한 청년의 이야기는 거의 외울 정도였다.

법정에서 자주 만나면서 우리는 한 가지 게임을 고안해냈다. 아나키스트 노조를 지지하거나 트로츠키를 신봉하는 내용의 불법 유인물 혹은 비밀문서를 누구에게 가져가느냐 하는 게임이었다.

드루오 길

해방 직후, 우리 기자들은 운이 좋았다. PX에서 훔친 물건들을 잔뜩 담은 바구니를 들고 편집실을 순례하는 자그마한 여자가 있었다. 미제였기에 귀한 상품들이었다. 블론

드 담배, 네스카페, 파커 '51' 볼펜, 윌리엄 면도크림, 감기 크림 빅스 바포럽Vicks VapoRub, 발포형 소화제 알카-셀처 Alka-Seltzer. 카뮈는 과음한 사람에게 알카-셀처를 권했는데, 거의 모든 사람이 해당되었다. 우리는 그녀를 마담 GI라고 불렀다.

담배 얘기를 하자면, 그랑 대로에 인접한 평화로운 작은 길인 드루오 길 5층에 자리한 사무실들 사이에 미군사법정이 자리 잡았는데, 한 달 동안 그곳에서 세기의 군사재판이 벌어졌다. 182명의 미군 사병과 2명의 장교가 절도와 담배 밀매로 기소되었다. 재판은 아주 작은 사무실에서 열렸고, 하루에 4명의 피고를 판결했다. 심리는 영화에서 보듯이 검사와 변호사들의 심문과 반대심문으로 아주 차분하게 진행되었다. 그리고 하루가 끝나갈 무렵, 판결이 내려졌다. 45년, 50년 징역. 담배를 산 우리도 그 불행한 이들의 공범이었다고 어떻게 생각하지 않을 수 있겠는가? 어느 날 나와 함께 이 재판을 지켜본 앙리 칼레가 "이 미제 담배"라는 제목의 기사를 써서 큰 반향을 일으켰다. 그렇다. 팔팔한 청년들이 남은 삶을 감방에서 보낼 것을 생각하면 그 담배 맛이 어떠했겠는가?

나는 몇 년 뒤 마담 GI를 보았다. 그녀는 최초의 여성 택

시운전사들 중 한 명이 되어 있었다.

막다른 발렌(고래) 골목 8번지

나는 여전히 호텔 생활을 하고 있었다. 내 친구 클로드와 쉬잔 자코는 먼 친척이 물려준 유산인 11구의 '막다른 고래 골목'이라는 재미난 이름이 붙은 골목 끝에 위치한 작은 주택에 살다가 더 나은 곳으로 옮겨갔다. 그들이 내게 그 집을 빌려 쓰라고 제안했다. 그러나 그곳은 모든 것에서 먼 데다 그리 끌리지도 않아서 그러겠다고 말해놓고 살아보지는 못했다.

그랑조귀스탱 길 7번지

해방 후 우리는 내친 김에 에스파냐를 프랑코의 손에서 해방시켜주겠다고 한동안 생각했다. 〈콩바〉가 에스파냐 국경지대 취재 기사를 위해 나를 그곳으로 보내는 바람에, 나는 에스파냐로 잠입할 시도까지 했다. 그러나 성공하지 못했다. 게다가 생장드뤼즈에 자리 잡고 있던 프랑스 비밀경찰이 나를 프랑코 당국에 밀고한 사실까지 알게 되었다.

같은 시기에 피카소의 집에서 에스파냐와 관련된 모임들이 있었다. 한 번은 카뮈가 자기 대신 나를 보냈다. 그렇게 해서 나는 그랑조귀스탱 길에 있는 그 아틀리에를 내 눈으로 직접 보았다. 커다란 난로며 실내장식이 기이한 곳이었다.

그리고 카뮈를 따라 프랑스에 망명해있던 에스파냐 공화국 대통령 관저에 간 적도 있는데, 관저는 포슈 가에 임시로 자리 잡고 있다가 나중에 멕시코로 옮겨 갔다.

라스파이 대로 45번지

세브르바빌론에 자리한 뤼테시아 호텔은 그 시절의 모든 것을 지켜본 호화호텔이다. 점령기 동안엔 독일군들에게 점거 당했고, 강제수용소의 해방 때는 수용자들을 받아들인 곳이다. 소식을 기다리는 수많은 불행한 이들처럼 나도 그곳 홀에 사진을, 베르트와 젤만의 사진을 붙이러 갔다. 결국 헛일이었지만 말이다.

샹젤리제 91번지 외

1944년 11월부터 나는 라디오 방송을 위해 일했고, 거의 그만둔 적이 없다. '주르날 드 미디(정오의 뉴스)'라는 프로 그램이었다. 모리스 슈만 같은 런던 라디오 팀 일원들도 아 직 있었다. 스튜디오는 샹젤리제 91번지에 있었는데, 나는 다른 모든 스튜디오의 위치도 대략 알았다. 스튜디오들은 샹젤리제 116번지(거의 맞은편), 프랑수아 1세 길, 바야르 길, 위니베르시테 길, 렉튀르-푸엥카레 가, 프레지당 케네 디 강변길 등에 자리했다. 나는 이 변화무쌍한 세계를 그려 내기 위해 책 한 권을 써서 《자리에 충실한》이라는 제목을 붙였다. 《지상의 양식》 출간 50주년을 맞이한 1947년에 앙 드레 지드를 찾아간 일을 어떻게 잊을까? 혹은 《신의 심판 을 끝장내기 위해》를 녹음하는 동안 스튜디오에 있던 모든 이들에게 신경질을 부리던 앙토냉 아르토를 어찌 잊을까? 혹은 내가 내레이터들 중 한 명으로 선정된 영광을 누린 텍 스트 《없이》를 녹음하는 동안 마이크로 지시를 하던 사뮈엘 베케트를 어찌 잊을까? 여러 방식으로 조합하도록 여섯 문 장을 열 번 쓴 텍스트였다. 어느 날 나는 베케트와 함께 이 방송을 기획한 알랭 트뤼타에게 말했다. "안타깝지만 나는

방송을 한 번도 들어보질 못했어요. 시간을 놓쳤어요." 그가
대답했다. "근데 한 번도 방송된 적이 없는걸요. 편집을 못
했어요."

콩데 길 26번지

나는 라실드가 여전히 살아 있고, 줄곧 콩데 길의 메르퀴
르 드 프랑스 건물에 거주하고 있다는 걸 알게 되었다. 메르
퀴르 드 프랑스는 그녀의 남편 알프레드 발레트가 세운 출
판사이다. 그녀는 그 건물에 있는 작은 아파트에 살았다. 마
이크를 들이대고 나는 그녀가 자기 소설들에 대해 얘기하
는 걸 들었다. 19세기말 즈음에 추문을 일으켰던 《비너스
씨》와 《마드무아젤 사드》였다. 헨리 바우어는 이 젊은 여자
를 "회개한 여자들의 시체안치소나 정신병동에서 썩어야
마땅할" 사람이라고 말했다. 그녀는 메르퀴르에서 일하는
레오토를 그리 높이 평가하지 않는 듯이 말했고, 알프레드
자리와 그의 기행에 대해서도 얘기했다.

보트레이 길 22번지

내가 라디오 방송을 위해, 그리고 더 나중엔 텔레비전 방송을 위해 만나게 된 또 한 사람의 역사적 인물 앙리에트 프시샤리는 원기왕성하다는 말이 꼭 들어맞는 인물이었다. 르낭[20]의 손녀인 그녀는 어릴 적에 콜레주 드 프랑스의 양탄자 위를 기어 다니며 르낭과 함께 놀았었다. 그리고 드레퓌스 대위 집에서 휴가를 보내곤 했다. 그녀는 오빠 에르네스트 프시샤리·샤를 페기와 함께 "민중 편에 섰다". 1936년에는 아나톨 드 몽지의 《백과사전》의 편집 책임자가 되었다. 그리고 페탱의 소송에서는 검사 측 증인으로 나섰는데, 페탱을 페트랭 원수元帥라고 불렀다.

바렌 길 56번지

나는 너무 늦기 전에 과거의 증인들을 찾는 탐색을 이어

---

20) 에르네스트 르낭Ernest Renan, 프랑스의 종교학자이자 철학자로 콜레주 드 프랑스의 학장을 역임했다.

가면서 자신이 1900년을 어떻게 보았는지를 책으로 펴낸 팡주 백작부인을 만났다. 그녀는 두 학자, 모리스와 루이 드 브로글리의 누이였다. 특히 그녀가 마르셀 프루스트를 폄하하던 것이 주의를 끌었다. 그녀는 프루스트가 진짜 귀족을 묘사한 게 아니라고 했다. 프루스트는 진짜 귀족을 알지 못했으며, 그가 교류한 귀족은 이류 귀족이었다는 것이다.

부알로 길 7번지

또 다른 생존자 알렉세이 레미조프는 다른 이민 동포들과 마찬가지로 16구에 살았다. 사람들은 그를 러시아의 앙리 미쇼라고 불렀다. 《찢어진 눈》의 저자는 어린아이의 영혼을 간직하고 있었다. 그는 초콜릿을 먹고 나면 황금빛이나 은빛 포장지를 천정에 붙여 길게 늘어진 샹들리에 유리 장식처럼 만들었다. 전쟁이 끝나자 그는 소련군의 승리에 들떠서 자기 나라로 돌아가겠다고 신청했다. 그러나 거절당했다.

드라공 길 42번지

앙드레 루베르, 마담 시몬, 프랑시스 카르코, 페르낭 그레그, 프랑시스 드 미오망드르 그리고 미스탱게트까지 열거하며 선구자들에 대한 묘사를 계속 이어갈 수도 있을 것이다. 그러나 조금 더 최근 시기로 돌아오자.

작가인 루이 기유는 갈리마르 자택의 하녀방에서 지내다가(그는 "행복방에서 지내요"라고 말하곤 했다) 드라공 길에서 작은 주거 공간을 찾았다. 그가 돈이 필요할 때면—그는 일을 싫어한데다 자유를 무엇보다 중시했기에 돈이 궁할 때가 많았다—그의 친구이자 같은 브르타뉴 출신으로 프랑스 퀼튀르 사장인 이브 제귀가 내게 그와 대담을 하라고 요청하곤 했다. 우리는 몇 시간 동안, 녹음테이프가 몇 킬로미터 분량이 되도록 대담했다. 녹음기를 들고 찾아가면 대개는 다른 일부터 해야 했다. 퓨즈가 나갔거나 아니면 접속단자가 뜯겨 나가고 없었다. 마침내 겨우 녹음을 시작하더라도 시간이 조금 지나면 기유는 지겨워했다. 그러면 브르타뉴 억양으로 〈오세아노 녹스Oceano Nox〉[21]를 암송하거나 로

---

21) 빅토르 위고의 시.

렐과 하이디를 흉내 내곤 했다.

그를 돕기 위해 피에르 무아노는 '루이 기유를 사랑하는 친구들의 모임'을 결성해 구성원들이 정기적으로 약간의 돈을 내게 할 생각을 했다. 그런데 정작 당사자가 이의를 제기했다. "좋아, 그렇지만 그 구성원들은 내가 직접 고르고 싶네."

우드리 길 23번지

파리로 옮겨와서 나는 방키에 길에서 멀지 않은 우드리 길에 살고 있던 우트케스 가족의 친구인 타바르 가족과 인연을 맺었다. 우드리 길은 생마르셀 대로를 거쳐간다. 장 타바르는 프랑스인으로 테니스 라켓 제조업자였고, 그의 부인인 아니우슈카는 러시아 출신 유대인이었다. 그때까지 그들은 별 사건 없이 살아왔다. 아마 아니우슈카는 프랑스인과 결혼하면서 사는 게 훨씬 수월해졌을 것이다. 우트케스 가족이 사라졌을 때 우리는 불안감과 슬픔을 함께 나누었었다. 어느 날 그들은 자신들이 살고 있는 아파트의 같은 층에 임대용 스튜디오가 나왔다고 내게 말했다. 그래서 나는 그들과 이웃이 되었고 호텔 생활을 접었다. 나는 1944년 12월 5일에 이사했다. 아주 작은 스튜디오라 부엌과 화장실은 좁디좁았다. 그나마 하나 있는 접이식 탁자는 대개 침대 밑에 접어두었다. 침대에서 읽고 쓰는 게 차라리 나았다. 나중에 이 스튜디오를 시인 아르망 기베르에게 넘기게 되었을 때 그가 말했다. "이건 방이 아니라 어항이군!" 스튜디오는 6층에 있었지만, 각층 계단마다 중간에 층계참이 있어서 마치 12층까지 올라가는 느낌이었다.

장 타바르는 조용하고 친절했다. 아니우슈카는 몸집이 크고 권위적이었으며, 우트케스 가족처럼 공산주의자였다. 그녀는 러시아식 수프 보르츄를 만들면 언제나 내게 한 그릇 가져다주었다.

마세나 대로 19번지

내가 결혼을 하고 보니 이 방, 아니 이 어항은 정말이지 둘이 살기엔 불편했다. 그러나 주택난이 심각했다. 친구들이 몇 달 동안 파리를 비울 때마다 우리는 그들의 집을 임시 거처로 삼곤 했다. 그렇게 한동안 포르트 디탈리 근처 마세나 대로에서 살았다.

우리가 임시로 그곳에 머문다는 사실을 알지 못했던 나의 어머니는 매물로 나온 누군가의 유품들을 구매해, 꽤나 흉측한 벨벳으로 뒤덮인 거실 가구와 여러 책들 특히 볼테르의 전집(불행히도 키엘 판본이 아닌)과 19세기 말 잡지 〈아날〉 양장본이 꽂힌 기념비적인 책장을 우리에게 보내왔다. 나는 화가 나서 그것들을 모두 경매장으로 보내버렸다. 얼마 후, 어머니가 편지 한 통을 보내왔다. "너한테 보낸 가구와 책들은 내게 그걸 판 사람들의 형이 남긴 물건이었어. 그런데 형이 〈아날〉 잡지 속에 주식을 숨겨둔 걸 그 사람들이 뒤늦게 알게 되었다는구나. 그렇지만 걱정은 하지 않는대. 물건이 믿을 만한 사람에게 가 있으니…."

12월 30일, 우리는 우드리 길로 돌아갔다.

우드리 길 23번지(다시)

6년 전 트로츠키가 라몬 메르카데르에게 살해당했다. 나는 트로츠키가 1914년 파리에 머물 당시 우드리 길에, 내가 살고 있는 집에서 두 집 아래에 살았었다는 사실을 알게 되었다.

나는 그곳 관리인을 만나러 갔다. 당시에도 그곳에서 일한 아주머니였다! 신문기자에게는 정말 큰 행운이었다!

- 물론 트로츠키를 알았죠. 그런데 그 사람에 대해 무슨 얘기를 듣고 싶으신 거죠?

- 갖고 계신 기억을 말씀해주시면 좋겠어요.

- 잘생긴 남자였습니다….

- 그리고요?

- 여기서 두 아들과 애인과 함께 살았죠.

- 어떻게 살았습니까?

- 처음엔 돈이 있었던 것 같은데 나중에는 바닥났죠. 그러자 아들들이 석탄을 직접 날랐어요. 석탄 자루를 계단으로 끌고 갔죠. 그래서 내가 말했어요. 당신 아들들이 온 계단에 석탄을 묻히고 다녀요. 그래선 안 되죠. 그랬더니 그 사람이 내게 말했어요. "꼭 해야 할 일이니 어쩔 수가 없군요." 그래서 나는 욕설을 퍼부었죠.

- 그러니까, 그 사람과 사이가 안 좋았습니까?

- 아뇨. 그건 그저 석탄 때문이었어요. 그런데 그 사람은 아주 학식 높은 사람처럼 보였어요. 그리고 잘생겼어요. 아참, 아주 특이한 게 있었지요.

- 그게 뭡니까?

- 염소수염이요.

나는 사진들을 보여주었다.

"허우대가 얼마나 좋습니까! 이렇게 잘생긴 남자가 그렇게 못생긴 애인을 뒀으니 참 이상하죠. 진짜 풍자만화 같았어요. 그래서 그 사람을 데리러 온 사람들조차 여자는 같이 데려가지 않았어요.

- 사람들이라뇨, 누구 말인가요?

- 경찰 말이에요. 경찰들이 이 근방을 항상 감시했죠. 그 사람이 뭘 하는지 보려고요. 그러더니 어느 날 그를 데려갔어요. 그 잘생긴 남자를요!

벨샤스 길 37번지

레지스탕스 우두머리 중 한 사람이었고, 콩바 운동의 창시자였으며, 죄수·유형수·난민 들의 장관이 된 앙리 프레네는 공산당의 격렬한 캠페인의 표적이 되었다. 전쟁 동안 그는 레지스탕스의 동의하에 비시 정권에서 내무부 장관을 지낸 퓌쇠와 여러 차례 만났다. (퓌쇠가 자유 프랑스군에 합류

하고 알제로 가고 싶어 했던 게 기억난다). 파스칼 피아가 내게 앙리 프레네와의 인터뷰 임무를 맡겼다. 그에게 해명을 할 기회를 줘서 무죄를 입증할 수 있게 할 중요한 인터뷰였다. 나는 벨샤스 길에 있는 청사로 갔다. 프레네가 집무실에서 나를 맞아 소파에 앉히고는 전화 한 통 걸어도 괜찮겠느냐고 물었다. 전화 통화는 한없이 계속됐다. 프레네가 전화를 끊고 마침내 내게 말을 걸었을 때 나는 잠들어 있었다. 사실 그 시절에 나는 꽤나 과로했다.

클리쉬 길 35번지

〈콩바〉는 직원 수가 많지 않아서 거의 파스칼 피아와 알베르 카뮈의 신문이라고 할 수 있었다. 게다가 젊은 축에 속한 우리는 이름만 신문기자지 실제로는 현장에서 일을 배워나가는 사람들이었다. 새로운 사람이 들어와도 그리 환영받는 분위기가 아니었다. 팀이 피아와 카뮈를 중심으로, 그들의 전염성 강한 우정을 둘러싸고 단단히 결집되어 있어서 신참은 금세 불청객처럼 보였다. 따라서 1946년 어느 날, 새 리포터로 키 작고 깡마른 과들루프[22] 사람이 왔을 때 우리는 조심스런 눈길로 이 신참을 살폈다. 진짜 기자라 할 수 없게 이미 조심성 없는 모습을 보인 우리는 새 동료의 괴이한 학업과정을 금세 알게 되었다. 엔지니어였던 그는 야금술에서 연구를 맡았었는가 하면 철학 학사학위도 소지했다. 그리고 그리스 예술과 현대미술을 좋아했고 바흐와 포크너도 좋아했다. 섬 출신의 촌놈이 등산에 대한 열정을 과시하고, '나는 우아장을 고향으로 택했다'라는 제목을 붙인 책을 쓰겠다고 단호히 말하기까지 해서 더 놀라웠다. 그는 글도 썼던 것이다. 그런데 글을 쓴다는 건 〈콩바〉에서는 특별한 일이 아니었다. 모두가 글을 썼고, 쓰고 있었고, 쓸 예정이었다. 그래서 가끔은 그곳이 신문사가 아니라 N.R.F. 출판사의 지점이라는 느낌이 들곤 했다.

기 마레스터Guy Marester와, 그가 쉽게 발끈하는 것만큼이나 조용한 오스트리아 출신 유대인 여자인 그의 아내 그레타는 금세 우리와 내밀한 친구가 되었다. 두 사람은 파리 카지노 바로 맞은편인 클리시 길에 살았다. 신문의 분위기를 바꾸고 흥밋거리를 추가하기 위해 연재물(그는 그걸 익살이라고 불렀다)을 찾고 있던 피아의 부추김에 떠밀려 기Guy는

<hr>

22) 서인도 제도에 위치한 프랑스령 섬.

기이한 이웃들에 관한 대단히 생동감 넘치는 기사를 썼다. 그림들로 채워지기 시작한 기의 아파트는 친구들에게 항상 열려 있었다. 그 시절을 떠올려보면 그곳에서 가장 멋진 저녁시간을 보낸 것 같다. 샤포발·장-피에르 비베·장 조제 마르샹·이렌 알트만 등이 함께했었다. 기는 예술비평에 관한 탐방기사를 금세 포기하고, 예술 지면을 맡았다. 모든 것에는 끝이 있는 법, 얼마 후 그는 〈콩바〉를 떠나 공장으로 돌아갔고, 항공기 회사에서 일했다.

기는 젊은 나이에 사망했다. 그레타와 나는 그가 남긴 시들을 출간하려고 시도했다. 그녀가 시 전문 출판사 한 곳을 찾았는데, 편집자는 그 시들을 보자마자 말했다. "멋집니다! 당장 출간하겠어요!" 그러더니 덧붙였다. "그 대가로 술라주[23] 그림 두 점만 주세요." 그레타는 발길을 돌리지 않을 수 없었다. 우리는 정직한 편집자 루즈리를 찾았다. 그는 올리비에 드브레의 판화를 곁들여 그 시집을 출간했다.

---

23) 피에르 술라주Pierre Soulages. 프랑스 현대 추상미술의 대가.

레오뮈르 길 100번지

1947년 봄, 우리의 모험이 끝나갈 무렵, 피아는 이미 떠났고, 카뮈는 돌아오지 않은 상태로, 신문사의 일상은 탁월한 전문가 로제 슈로프와 나의 보조로 꾸려지고 있었다. 어느 날 아침, 신문사의 운전수가 우드리 길의 집으로 나를 데리러 왔다.

"가보셔야겠습니다. 신문을 만들 사람이 아무도 없어요."

슈로프는 아내가 그를 속이고 바람을 폈다는 사실을 알고 좌절해 있었다. 이틀 동안 그가 사무실에서 내 맞은편에 앉아 낙담한 채 양손에 머리를 묻고 우는 걸 보았는데, 이제는 아예 출근도 하지 않은 것이다.

나는 신문을 만드는 일에는 익숙했다. 한동안 피아가 점심 기차에 싣기 위해 아침 일찍 찍던 지방판 편집을 내게 맡겨서 홀로 난관을 극복해왔던 터라, 나는 곧바로 작업에 착수했다.

〈콩바〉 시절에는 두 명의 논설위원이 하루씩 번갈아가며 사설을 쓰곤 했다. 레몽 아롱과 알베르 올리비에였다. 물론 두 사람은 서로를 싫어했다. 이 날, 두 사람은 스물일곱 살의 허약한 애송이 같은 내가 지휘를 하고 있는 걸 틈타서

넝마주이들처럼 격렬하게 싸웠다. 그러더니 두 사람 모두 문을 쾅 닫고 나가버려 급기야 나만 홀로 남았다.

어떻게 그 궁지를 벗어났는지 지금은 생각나지 않는다. 그러나 그날 〈콩바〉는 제자리에 사설을 실은 채 예정대로 발간되었다.

보나파르트 길 42번지

나는 사르트르의 집에서 열린 〈탕 모데른Temps modernes〉의 편집회의를 마치고 보리스 비앙과 함께 나왔다. 당시 사르트르는 보나파르트 길에 있는 그의 어머니 집에 살고 있었다. 우리는 버스를 탔다. 보리스는 승강구에 선 채―이 시절엔 버스 승강구만 보면 자크 형제[24]의 공연이 떠올랐다―내게 기이한 과학이론을 설명하기 시작했다.

"적절한 빛과 일정한 량의 음료, 선택된 순서로 준비한 일련의 음악만 있으면 정해진 시간에 자네를 울게 만들 수 있다고 자신하네."

---

24) 노래와 마임을 결합한 공연으로 유명한 형제 4중창단.

그가 덧붙였다.

"이건 순전히 기계적인 일이야."

나는 더 자세히 알고 싶었다. 그러나 보리스는 팔레루아 얄에서 내렸다. 우리는 그의 이론을 실험해보지 못했고, 그 이후로 다시는 그것에 대해 얘기 나누지 않았다.

보나파르트 길 42번지에 대해 말하자면, 비톨드 곰브로비치[25]가 아르헨티나에서 오랜 세월을 보내고 1963년 프랑스에 도착했다. 그의 일기에는 그가 말하는 "프랑스의 추함"과 파리에 대한 혐오의 말이 그리 많이 담겨 있지는 않았다. 그렇지만 그는 프랑스인들이 프루스트는 사랑하면서 사르트르를 "개인적으로 싫어하는 걸" 이해하지 못했다. 그가 말했다. "어느 화창한 날, 되마고 카페 부근 그 작은 광장에 자리한 사르트르의 아파트 창문 앞을 경건하게 순례하다가(태생이 반反순례자인 내가!) 프랑스인들이 사르트르에 반대해서 프루스트를 선택했다는 확신이 들었어요." 프랑스인들은 "데카르트 이후로 가장 명료한 프랑스식 사유"보다는 "섬세한 잡탕"을 더 좋아하는 거죠.

---

25) 폴란드의 소설가이자 극작가. 1937년부터 1963년까지 아르헨티나에서 망명 생활을 했다.

본누벨 대로

〈콩바〉의 초창기 팀은 1947년 6월에 흩어졌다. 파스칼 피아는 드골지지자들의 지원을 받아 통신사를 하나 설립하려고 시도했다. 그가 내게 함께 일하자고 청했다. 내키지는 않았지만 그에게 빚을 졌다는 생각이 들어 받아들였다. 우리는 본누벨 대로에 자리를 잡았다. 나는 하루 종일 통신문을 작성하거나 고쳐 썼다. 통신사는 성공하지 못했다. 일 년 뒤, 피아는 더이상 내게 월급을 줄 형편이 아니었다. 그 통신사는 그가 매번 파산으로 몰아 간 여러 회사 중 하나였을 뿐이다. 이방 오두아르가 내게 〈프랑스 디망슈France Dimanche〉에 교열자로 들어오라고 제안해왔다. 그다지 명예로운 일은 아니었지만 안도한 피아가 내게 당장 그 제안을 받아들이라고 말했다. 따라서 나는 다시 레오뮈르 길로 가게 되었다. 3주 후 교열 책임자 필립 드 발렌이 요양원에 들어가는 바람에, 내가 주정뱅이·싸움꾼 등 하나같이 감당하기 어려운 스무 명 남짓 되는 교열팀의 책임자가 되었다. 훗날 그 팀원들 대부분은 유명 작가나 영화인이 되었다.

바노 길 1-2번지

지드의 아파트인 그 유명한 바노에 들어가는 특혜를 누렸다. 1947년 10월,《지상의 양식》출간 50주년을 기념하는 날이었다. 지드의 오랜 친구인 마르크 베르나르와 함께 우리는 라디오 방송을 위해 지드에게《지상의 양식》도입부를 읽게 했다. 그렇게 나는 실내화 차림으로 조금 긴장한 지드의 모습을 보았다. 지드가 자신의 녹음 목소리를 듣고서 이런 놀라운 말을 했다.

"치음 발음을 연습해야겠군."

자크칼로 길 5번지

은퇴를 앞둔 오랜 동료 기자가 한 사람 있었다. 그가 어쩌다 이렇게 통속적인 우리 신문사에까지 오게 되었을까? 언론의 대부 격인 장 프루보스트를 위해 각별한 부탁까지 들어준 인물인데 말이다. 그는 공화국의 전직 대통령인 알베르 르브렁과 잘 지내서, 해방 후에 잘잘못을 따질 때 르브렁이 프루보스트를 위해 증언을 해주도록 도왔다. 그러나 그 대부는 늙은 기자에게 배은망덕한 태도를 보였다.

　나의 동료이자 친구인 이 기자는 광적인 수집가였다. 그는 포르트 드 생투앙의 벼룩시장을 들락거렸는데, 괜찮은 그림을 발견하면 지독한 근시여서 문자 그대로 거기에 코를 박고 들여다본 후 값을 흥정했고, 자크칼로 길의 자기 집으로 가져와서는 액자틀에 황금색으로 쓰인 글씨를 뚫어져라 응시했다. "세잔". 그가 산 몇 점은 진품처럼 보였다. 그가 내게 그 열정을 전염시킬 뻔했다. 나도 어설픈 그림 몇 점을 샀다. 그는 어린 여자아이를 그린 초상화 한 점을 미국 화가 메리 커셋의 작품이라고 단언했다. 마호가니 비데에서 몸을 씻는 여자 그림은 툴루즈 로트렉이 그린 것이라고 말했다.

　베종라로멘[26]의 부활이 그의 덕이라는 사실도 밝혀야겠다. 그는 어느 부유한 스위스인을 설득해 그 옛 도시의 복원 작업에 비용을 대게 했다.

---

26) 로마 유적이 많이 남아 있는 프랑스 남부 도시.

리볼리 길 202번지

내가 생 제임스 알바니 호텔에서 신비와 위엄의 향기를 느끼는 건 그 이름 때문이다. 그곳에서 존경하는 두 저자를 만났기 때문이기도 하다. 오늘날엔 부당하게도 잊혀버린 《아시아인》의 저자 프레드릭 프로코슈Frederic Prokosch와 《아프리카 농장》[27]을 쓴 카렌 블릭센Karen Blixen이다. 카렌 블릭센은 나이를 알 수 없을 정도로 야위어서 람세스 2세의 미라를 닮았다.

포부르생토노레 길 252번지

바라던 만큼은 아니지만 몇 번 재즈 콘서트에 갔다. 삶은 우리에게 그리 많은 자유를 남겨주지 않는다. 트럼펫 연주자들 중 필립 브렁의 연주를 보고 들을 수 있었다. 마일즈 데이비스는 어느 저녁 기분이 나빠서 청중에게 등을 돌린 채 연주했다. 그리고 무엇보다 루이 암스트롱의 연주도 들

---

27) 영화 〈아웃 오브 아프리카〉의 원작 소설.

었다.

플레옐Pleyel 공연장에서였다. 그는 좌우로 몸을 흔들며 한 발씩 앞으로 걸었는데, 마치 둥글고 큰 머리 무게 때문에 몸이 흔들리는 것만 같았다. 그는 처음 성체배령을 하는 소년처럼 조금 끼는 듯한 바지를 입고, 왼손엔 큼지막한 흰색 손수건을, 오른손에는 반짝이는 트럼펫을 들고 있었다. 그가 눈알을 굴리며 〈하이 소사이어티〉를 연주하던 모습이 눈에 선하다. 그는 땀을 엄청나게 흘렸고 손수건으로 연신 닦았다. 연주회 때마다 손수건을 한 무더기 들고 무대에 올랐는데, 두 다스는 되었을 것이다.

뉴올리언스 재즈 예찬자로, 흑인이 아니면서 감히 재즈를 연주하는 모든 연주자들과 비밥에 적대적인 위그 파나시에가 객석에 보였다. 그는 마치 서부영화 속 인물처럼 우스꽝스런 차림을 하고 있었다. 나는 그에게 다가가 몇 가지 정보를 물었다. 써야 할 원고가 있었기 때문이다. 그는 자기의 정보는 혼자 간직하겠다고 대답했다.

그랑조귀스탱 강변길 15번지

내 책 중 어떤 책의 저자사인회가 당시 레오 노엘이 운영하던 에클뤼즈 카바레에서 있었는지 이제는 모르겠다. 그곳에서 저녁마다 노래하던 바르바라는 이미 와 있었다. 그것이 내게 이상하게도 신뢰를 주었다. 그녀가 내게 말했다. "제 일은 잘 안 풀리네요. 그래서 석 달만 더 해보고 나아지지 않으면 그만두려고요."

생제르맹 대로 153번지

나는 생제르맹데프레에 있는 타란 호텔 방으로 오디베르티를 만나러 갔다. 타란이라는 울림 큰 이름은 《아브락사스》의 저자에게 잘 어울렸다.

그는 말했다.

"난 가진 게 아무것도 없어요⋯."

실제로 책 몇 권, 종이들과 옷가지 몇 벌만 있을 뿐 방은 거의 비어 있었다.

"참 이상도 하죠. 몇 달 동안 찾아오는 사람이 하나도 없었는데 오늘 오후에는 문을 두드리는 사람이 열 명이나 되는군요. 그 사람들은 스스로 자유롭다고 생각해요. 자기 의지로 온다고 믿죠. 통계를 보면 그렇지 못한데 말입니다."

그 순간 누군가 문을 두드렸다. 문이 열렸고, 아주 예쁜 젊은 여자가 보였다. 오디베르티는 나를 내보냈다. 이미 계단을 내려가고 있는 내게 그가 외쳤다.

"통계를 중요하게 여기진 마세요!"

레오뮈르 길 100번지

한 성직자가 대단히 불경한 〈프랑스 디망슈〉의 편집실을 뻔질나게 드나들었다. 사람들은 그를 C. 신부라고 불렀고, 심지어 C. 예하라고 부르기도 했다. 그는 바티칸 행정구역의 로마에서 오랫동안 살았노라고 우리에게 말했다. 지금은 파리의 대주교관에서 프랑스 전역의 언론을 담당하고 있었다. 시대를 앞서가는 그는 법의를 입지 않았다. 그저 성직자 깃만 달았다. 그와 우리 관계의 성격을 설명하기 위해 일상적 대화를 이렇게 요약해볼 수 있겠다.

─당신네 신문을 내가 얼마나 높이 평가하는지 잘 아시

겠지만, 제가 조금 전에 바르베드주이 길에서 개최된 언론 위원회 회의에 참석하고 왔어요. 딱한 일이에요! 역량이 되는 사람을 앉혀야 할 텐데, 주교들을 임명했지 뭡니까! 저 사람들은 당신네 신문사가 하는 일을 전혀 높이 평가하지 않습니다. 저들이 당신네 신문을 교회 문에 내걸린, 기독교인들에게 금지된 출판물 목록에 넣지 못하게 하느라 죽을 고생을 했어요! 판매에 대단히 해로운 저 현대적 공시公示를 하느님 덕에 당신들에게 면제해줄 수 있었지요.

– 참으로 큰 도움을 주신 우정에 감사드립니다, 예하.

– 갑자기 생각나네요. 이런 말씀 죄송합니다만, 우리 공보bulletin d'information지 정기구독을 갱신하는 것 잊지 않으셨겠지요? 아주 유용한 소식지입니다. 종교적안 알ㅡ에도 오직 저만이 알고 있는 내밀한 소식들도 볼 수 있을 겁니다.

우리가 잘되기를 그렇게 바라는 예하에게 우리는 마지못해 돈을 내곤 했다. 그는 우리 굳건한 죄인들에게도 어김없이 기독교적 자비를 베풀었다. 다만 그 대가를 지불하게 했을 뿐이다.

그는 우리에게 비난만 퍼붓지 않는 것이 좋은 전략이라고 생각하는지 이따금 칭찬도 했다. 그때는 비오 12세가 파티마며 춤추는 태양 따위의 환영을 보기 시작하던 시기였다. 우리는 그 사건에 대한 기사를 썼고, 예하는 곧 편지를 보내왔다.

"지난 주말에 리옹 지역으로 전도를 나갔다가 로마 교황의 환영과 관련해 여러분이 제시한 자료며 사진 전반에 대한 대단히 듣기 좋은 반응을 들었습니다. 리옹 지역 사람들은 좀체 칭찬을 하지 않는데 말입니다."

그러나 우리의 보호자는 그 어느 때보다 우리에게 그의 도움이 필요하게 될 거라는 은근한 예고를 슬그머니 덧붙였다.

"저로서는 역사적으로 그리고 신학적으로 당신네 기사가 절대적으로 흠 잡을 데 없다는 보장을 해드릴 수 있습니다. 그런데 어떤 사람들에게는 거슬릴 일입니다 ···. 혹시 제 도움이 필요하다고 판단하시면 알려 주십시오. 여러분이 제게 보여주신 전적인 선의에 매우 감동받았습니다. 여러분은 멋진 팀입니다."

게다가 나는 비오 12세의 불가사의한 환영에 대해 우리가 어떤 글을 썼는지 잊을 수가 없다. 우리는 평소 색정적인 여자 그림을 연필로 그려주던 브르노에게 그림 한 장을 주문했는데, 그가 이렇게 말했다.

"그러지. 하지만 나는 모델이 있어야 그릴 수 있어."

신문 제작자 중에, 아마도 자료를 담당하는 사람이었던 것 같은데, 희극배우 페르낭델을 닮은 얼굴이 있었다. 얼굴 표정을 조금 누그러뜨리고 안경을 씌우면 성직자들의 군주와 비슷할 것 같았다. 그는 재킷을 벗더니 소매가 뒤쪽으로 가도록 뒤집어 입어 옷깃이 목 밑에 닿게 했다. 그리고 두 손을 맞잡고 눈을 하늘로 치켜떴다. 그렇게 해서 브르노에게 모델이 생긴 것이다.

어느 날, 예하는 내게 신문사 맞은편 레오뮈르 길의 어느 카페에서 만나자고 했다. 나는 그가 무슨 새로운 사실을 폭로할지, 왜 위험한 우리 편집실까지 오지 않는지 궁금했다. 우리는 커피를 마셨고, 나는 그가 하는 말을 들었다. 어쨌든 그는 나보다 말이 많았다. 그는 저명한 고위성직자들, 교회 대공들의 이름을 내세우는 걸 좋아했다. 내가 알지 못하는 높은 직책의 고위성직자들이 조금이라도 화젯거리가 되면 그 기회를 낚아챘다. 게다가 이런 말을 덧붙이는 것도 잊지 않았다.

"나는 그 분을 잘 압니다. 로마 세미나에 함께 참석했었으니까요."

미련을 쓸어버리고 불공정한 운명에 축복을 내리려는 몸짓이었을까. 왜 그는 이런저런 동료들처럼 주교가, 추기경이, 교황청의 일원이 되지 않았을까? 운이 없었던 걸까? 술수가, 야심이 없었던 걸까? 상상이 펼쳐졌다.

카페에서 전화가 울렸고, 계산대 너머에서 카페주인이 C. 신부님을 찾는 전화라고 알렸다. 사제복 입은 사람을 찾는지 그가 카페 안을 둘러보았는데, 사제복은 보이지 않았다. 그가 슬며시 일어서며 말했다.

"전화를 안에서 받게 해주시오."

그는 안쪽으로 사라졌다. 전화를 받고 돌아온 그의 둥근 얼굴에 심각한 가면이 드리워 있었다. 그는 자리에 앉더니 나를 향해 몸을 기울이며 테 없는 안경 너머로 나를 바라보았다. 꼭 사업가처럼 보였다. 그가 목소리를 낮추며 내게 말했다.

"바티칸이었어요. 교황의 건강에 관한 소식이었어요. 이젠 끝이에요. 가망 없어요."

나는 그 심각한 소식에 걸맞은 표정을 지으려고, 감탄을 조금이나마 드러내려고 애쓰면서 그가 방금 보여준 쇼 수준에 맞춰주었다. 엉뚱한 질문은 던지지 말아야 한다. 이를테면 이런 질문들 말이다. 그 시간에 예하께서 파리의 레오뮈르 길에 자리한 담배가게 겸 카페에 계신 걸 바티칸에서 어떻게 알았을까요? 성부의 건강상태에 대해 예하께 알리는 일이 어째서 그리 다급했을까요?

만남이 끝날 무렵 나는 감히 빈정거림을 살짝 얹은 질문을 던졌다.

"신부님의 공보지 정기구독 갱신을 생각해야 할 때가 된 것 같습니다."

빈정거림이 너무 약했던지, 우리의 예하께서는 태연자약했다.

릴 길 19번지

1948년 6월에 또 하나의 거처를 임시로 빌렸다. 오래된 멋진 건물, 장엄한 뜰. 1층의 계단창 유리문은 닫혀 있었고, 그 위로 쥐들이 돌아다니는 게 종종 보였다. 관리인이 벽보 하나를 붙여 두었다. "세입자들께서는 쥐와 장난치지 말아 주세요." 일부 세입자들이 쥐들에게 빵을 던져주었던 것이다.

뤼베크 길 30번지

몇 달 뒤인 1949년 3월에 트로카데로에서 가까운 뤼베크 길의 새 임시 아파트로 옮겼다.

집주인은 저널리즘·텔레비전 방송 등 이것저것 닥치는 대로 운영하는 이집트 친구였는데, 명문가 출신에다 프랑스 정치인과 결혼한 누이를 둔 사람이었다. 그가 어느 날 내게 카이로에 가서 프랑스어권 신문사의 경영을 맡아 달라고 제안했는데, 내 마음이 내키지 않았다.

이 친구 필립이 아파트에 검은 새끼 고양이 한 마리를 남겨놓고 내게 알리지 않았다. 첫날 아침, 나는 침대 밑에서 고양이가 내게 바치려고 가져다놓은 죽은 생쥐 한 마리를 발견했다.

다섯 달 뒤, 우드리 길로 돌아가야 했을 때 집주인이 도대체 신경 쓰지 않는 고양이를 그곳에 남겨둘 수가 없었다. 그래서 데리고 왔다.

피에르샤롱 길 51번지

그해 4월, 나는 〈프랑스 디망슈〉가 지긋지긋해져서 〈파리 마치Paris Match〉를 슬며시 기웃거렸다. 그 신문사의 모두가 사장이라고 부르는 장 프루보스트가 내게 직접 요즘 젊은 사람들을 도무지 이해할 수 없다고 잘라 말했는데, 지하실에서 밤을 보내는 실존주의자들을 두고 하는 말이었다. 그에게 설명하기 위해 기사를 한 편 써야할 것 같았다. 설명조로 거창하게 쓴 내 기사는 윌리 리조와 로베르 두아노의 사진이 삽화로 실린, 플로르 카페에 관한 탐방기사로 쪼그라들고 말았다. 〈파리 마치〉에서 기웃거린 시간을 2주로 끝내고 나는 〈프랑스 디망슈〉로 돌아왔는데, 이곳 사람들은 전혀 눈치 채지 못했다.

루르멜 길 91번지

나는 8월 11일에 우드리 길로 돌아왔다. 이틀 뒤에는 그곳을 완전히 떠났다. 친한 친구들 사이에서는 쥘리우스라 불리는 쥘 루아가 내게 루르멜 길의 방 두 칸짜리 진짜 아파트를 빌려주겠다고 제안한 것이다. 오직 내가 우드리 길의 어항을 시인 아르망 기베르에게 넘긴다는 조건으로.

생제르맹 대로

《고통》이라는 책으로 카뮈에게 문학적 소명을 촉발시켰다고 사람들이 거듭 얘기하던 시인 앙드레 드 리쇼가 심각한 알콜중독으로 쇠약해졌다. 15년 가까이 그를 보살펴주고 먹여주고 재워준 화가의 아내 잔 레제르가 1950년에 죽은 뒤로 그렇게 되었다.

기자 클로딘 쇼네의 집에서 있었던 저녁모임 동안 먹을 것도 별로 없고 마실 건 더더욱 없다 보니 그는 욕실로 갔다. 나는 호기심에 그를 따라갔다가 그가 화장수를 마시는 걸 보았다!

생제르맹 대로, 라스파이 대로와 생제르맹데프레의 네거리 사이에서 구걸하고 있는 그를 자주 만나곤 했다.

"5프랑 없으세요?"

마주친 사람이 아는 얼굴이면, 예를 들어 클로드 루아라면 그는 이렇게 말했다.

"살던 대로 살 거야."

하지만 친구들은 그에게 도움을 주려고 계속 애썼다. 특히, 로제 린하르트는 최근에 코메디 프랑세즈의 책임자로 임명된 피에르-에메 투샤르(친한 사람들 사이에서는 팻이라 불리던)를 설득해서 그에게 희곡 한 편을 주문하게 했다. 앙드레 드 리쇼는 그렇게 프랑스 국립극장 극장장의 호화롭고 역사적인 집무실로 들어섰다. 면담은 나쁘지 않게 진행되었다. 그런데 나오면서 문턱을 넘어서던 순간, 이 가련한 남자는 그만 이렇게 말했다.

"혹시 5프랑 없으세요?"

드냉 대로 4번지

루르멜 길 5번지에서 머문 3년 동안 나는 심지어 냉장고도 샀고, 그것은 방 한가운데 군림했다. 더 넓은 곳으로 옮겨야 했다. 곧 아이를 낳을 참이었기 때문이다. 우리는 마젠타라파예트 네거리에서 북 역으로 이어지는 짧고 넓은 도로인 드냉 대로 4번지 3층에 위치한, 방 네 개에 부엌과 욕실이 딸린 아파트로 옮겼다. 오스만 풍의 건물에 있는 넓고

쾌적한 아파트였지만, 전쟁 이후 사람의 손길이 닿지 않은 것 같았다. 소극적인 저항의 표시로 파랗게 칠한 창문이 그대로 남아 있었다.

몽파르나스 대로

브라사이는 내게 헨리 밀러 얘기를 자주 했다. 헨리 밀러는 1930년이 되기 얼마 전 파리에 도착하자마자 브라사이를 알게 되었다. 헨리 밀러와 그의 책에 카를이라는 이름으로 그림을 그리던 단짝 알프레드 페를레스는 당시 멘 가의 상트랄 호텔에서 지내고 있었다. 상트랄, 호텔 데 테라스, 돔, 그리고 나중에 빌라 쇠라[28]로 옮겨가면서도 사진작가와 작가는 서로를 떠나지 않았다. 6년 뒤엔 웬 키 작은 청년 하나가 그들과 합세했다. 그가 래리, 다시 말해 로렌스 더럴 Lawrence Durrel이다. 빌라 쇠라에서 아나이스 닌[29]은 브라사이를 위해 에스파냐 무용수 포즈를 취했다. 《북회귀선》에서

---

28) 파리 14구에 있는 길 이름.
29) 탁월한 심리소설가로 꼽히는, 프랑스 태생의 미국 소설가(1903-1977)

밀러는 한 사진작가와 함께했던 방황에 대해 암시한다. 이 건 다른 얘기지만, 나는 알프레드 페를레스Alfred Perlès를 나중에 런던에서 알게 되었다. 브라사이는 결국 밀러에 관한 책을 두 권 썼는데, 밀러는 그리 좋아하지 않았다. 그렇지만 브라사이가 피카소에 관한 책을 썼을 때 밀러는 그가 자신에 관해서도 책을 쓸 수 있을 거라고 암시했었다.

나는 두 친구 간의 만남에 함께하는 행운을 누렸다. 이제 이 미국작가는 파리에 오면 캉파뉴프르미에르 길에서 지냈다. 몽파르나스 대로의 작은 레스토랑에서 함께했던 점심식사가 기억난다. 헨리 밀러는 가슴 깊은 곳에서 올라오는 툴툴거리는 소리를 내며 브라사이의 이야기에 귀를 기울였다. 갑자기 그의 눈이 반짝였다. 그러더니 그가 이야기를 시작했다. 밀러와 브라사이 두 사람에겐 모든 것을 즉시 간파하는 능력이 있었다. 그들이 루르드에 대해 말하기 시작했을 때 나는 깜짝 놀랐다. 나는 그곳에서 자랐기에 그 기적의 도시에 대해 훤히 알고 있다고 생각했다. 두 사람은 그곳에서 24시간 이상을 보내지 않았지만 모든 것을 보았고 모든 걸 이해했다. 병자들의 비장한 희망과 협잡꾼들, 신앙과 사원의 장사꾼들…. 형편없는 프랑스어로 밀러는 우리에게 성녀 베르나데트의 도시에서 보낸 하루를 이야기하려고 애썼다.

"곳곳에서 십자고상을 보았어. 그리고 저녁에 호텔에 오면 내 침대 위에도 십자고상이 있었지. 그래서 내가 어떻게 했는지 아나? 그걸 떼서 변기에 처넣어 버렸지!"

빌라 에텍스

1953년에 나의 어머니는 타르브의 안경점을 맡을 관리인을 찾았다. 그리고 파리로 돌아왔다. 대부분의 은퇴자들이 걷는 길과 정반대되는 여정이었다. 몽마르트르 묘지 맞은편, 에텍스 길의 빌라 에텍스에 자리한 아파트는 어머니의 마음에 든 적이 없었다. 나는 그 아파트를 고른 게 며느리였기 때문은 아닐까 의심이 들었다. 타르브의 관리인이 일을 제대로 하지 못해 안경점이 망할 위험에 놓이자 어머니는 다시 타르브로 떠났다.

에텍스 길에서 나는 한 노인과 자주 만났는데, 그는 포 출신으로 전성기 때는 아주 유명했던 풍자만화가 카미였다. 한 가지 사실에 그는 상심하고 번민했다. 찰리 채플린이 파리에 와서는 그에게 기별을 하지 않았다는 것이다. 찰리가 예전에 이런 말까지 해놓고 말이다. "카미는 나처럼 슬픔니다. 그는 내 형제입니다."

내가 이 풍자만화가에 관한 기사를 썼더니 알베르 카뮈가 〈콩바〉를 시작하려고 모은 팀에 나와 함께 속했던 장-피에르 비베가 이렇게 빈정거렸다.

"카뮈에서 카미로!"

그래서? 안 될 이유라도 있나?

굳이 대답하자면 카미가 대단히 존경 받은, 특히 발레리 라르보가 프루스트·조이스와 함께 위대한 세기의 작가로 간주한 라몬 고메즈 데 라 세르나의 존경을 듬뿍 받은 인물이라고 응수할 수도 있었다. 아이러니와 터무니없는 은유와 말장난을 결합시킨 문학장르 그레게리아를 창시한 사람인 세르나가 카미에게 보인 호감은 놀랍지 않다. 카미의 상식을 초월한 상상력은 언어에 근거를 두고 있다. 그가 문자의 발밑에서 단어들을 취하면, 단어들은 모든 개연성을 초월한 광적인 상황을 만들어낸다. 대단히 웃기는 건 물론이고 그게 전부가 아니다. 그의 인물들은 중력의 법칙을 거스르고, 그의 말들은 다른 세계로, 시의 세계로 날아간다.

세바스티앙보탱 길 5번지

1951년, 나는 윌리엄 포크너가 카페 플로르 테라스에 그의 딸과 함께 있는 걸 보았다. 인도엔 많은 사람들이 오가고 있었다. 퇴역한 중령 같은 모습의 그 키 작고 얌전한 사람이 그 유명한 포크너, 미시시피의 농부이리라고 누가 짐작이나 했을까?

1952년, 문화의 자유를 위해 의회가 주최한 "20세기 작품" 페스티벌이 가보 전시장에서 열렸다. 말로·오든·살바도르 데 마다리아가·포크너가 연단에 올랐다. 앞의 세 사람이 먼저 연설을 했다. 이어서 그 모임을 주재한 드니 드 루즈몽이 포크너에게 마이크를 넘겼다. 청중이 모두 일어섰고, 박수갈채가 끝날 것 같지 않았다. 나는 역사적인 "볼테르의 승리"[30]를 목도하는 느낌이었다.

1955년, 갈리마르 출판사에서 포크너에게 경의를 표하는 칵테일파티를 열었다. 그는 정원 쪽으로 난 창문 가까이 한쪽 구석에 앉아 있었다. 누군가 그의 의자 옆 바닥에 위스키

---

30) 구체제를 비판하고 톨레랑스를 주장하며 장 칼라스 사건의 공정한 재조사를 요구하는 등 프랑스 정부와 줄곧 맞섰던 볼테르는 스위스에 머물다가 루이 15세가 사망한 이듬해 파리로 돌아오면서 대중의 열광적인 환영을 받았다.

한 병을 놓아두었다. 그는 내가 개인적이자 문학적인 이유로 감동받은 책《파일론》에다 투덜거리며 헌사를 써주었다.

나는 종종 그 장면을 다시 떠올려보지만 내 손에 마이크가 들려 있었는지 생각나지 않는다. 내가 포크너를 인터뷰했다는 사실은 인터뷰 녹음테이프를 보고서야 믿을 수 있었다.

볼테르 강변길 25번지

나는 라디오 방송을 위해 앙리 드 몽테를랑을 인터뷰하러 그의 집으로 갔다. 볼테르 강변길의 집 벨을 눌렀다. 그가 문을 열어주었는데, 그의 손에 살충제가 들려 있었다. 항상 공격당한다고 생각했던 이 남자의 방어무기였을까? 우리는 거실로 들어갔고, 그가 나를 잠시 혼자 남겨두었다. 나는 아파트 내부의 황폐함에 충격을 받았다. 난로 위쪽, 거울이 있어야 할 자리에는 시커멓게 구멍이 나있고 그을음이 묻어있었다. 몽테를랑이 손에 종이를 들고 돌아왔다. 내가 책에서 이미 보았듯이, 그는 언제나처럼 질문과 대답을 미리 적어두었기에 그저 읽기만 하면 되었다. 종이소리를 안

내려고 읽은 종이는 바닥에 떨어뜨리면서.

그 집을 나서면서 참담한 느낌을 떨어내기 위해 카루셀 다리로 접어들었는데, 길을 다시 포장하고 있는 바람에 덜 마른 타르에 미끄러져 그만 드러눕고 말았다.

몽테를랑은 자기 책의 성공을 위한 모든 것에 세심히 마음을 썼다. 오랫동안 그는 언론용 증정본에 헌사를 쓸 때조차 초고를 작성했다. 생애 말엽에는 그런 습관이 피곤하다고 내게 말하기도 했다. 갈리마르 출판사 건물에는 도서관이라 불리는 방이 하나 있는데, 저자들이 그곳에서 증정본에 사인을 한다. 한 번은 몽테를랑이 점심식사를 하러 간 사이에 장 쥐네가 그곳에 들렀다. 그는 몽테를랑이 서명해놓은 책 더미를 발견하고는 헌사에 음란한 말을 덧붙였다. 아무도 알아차리지 못한 채 책들은 그렇게 떠나갔다. 그 책들은 틀림없이 오늘날 값나가는 희귀본이 되었을 것이다.

엘리제르클뤼 길 18번지

1957년경, 우리가 피에르 라자레프라는 별명으로 불렀던 키 작은 남자가 나를 사샤 기트리를 인터뷰하라고 보냈다.

샹드마르스의 엘리제르클뤼 길 18번지에 자리한 저택에서 나는 무엇보다 "주인님! 주인님!"을 부르며 쉬지 않고 돌아다니는 하인들에 놀랐다. 주인은 내게 아무 것도 말하고 싶지 않다는 말부터 대뜸 했다. "당신이 내게 어떻게 지내느냐고 묻는다면 나는 잘 지내지 못한다고 말할 겁니다." 어쨌든 그는 내가 질문을 하지도 않았는데 말을 했다. 베르나노스가 떠올랐다. 그는 할 말이 아무것도 없다는 말부터 하더니 말을 했을 뿐 아니라, 심지어 말을 너무 많이 했다.

인터뷰를 끝낸 그가 내게 어느 매체를 위해 인터뷰를 한 거냐고 물었다.

〈프랑스 수아르〉요.

그는 아주 놀란 듯 보였다. 피에르 라자레프와 갈등이 있었던 것이다. 라자레프의 신문에 인터뷰를 허락하다니, 그로선 있을 수 없는 일이었다.

"우리의 대화가 그저 당신과 나 사이에 남는 편이 훨씬 유쾌하지 않겠어요?"

그래서 나는 우리의 대화를, 다시 말해 그의 독백을 기사화하지 않았다. 그런데 며칠 뒤 신문을 펼치다가 사샤 기트리의 이름이 달린 기사 하나를 발견했다. 보아하니 그는 라자레프와 화해한 모양이었다.

사샤 기트리의 두 전처, 자클린 들뤼박과 쥬느비에브 드 세레빌과도 어정쩡한 면담을 했다. 그들은 회고록을 쓰고 싶어 했고 누군가 도와주길 바랐다. 그저 쥬느비에브가 제시한 제목만 생각난다. "그의 지붕 아래 살아온 나".

세바스티앙보탱 길 5번지

1958년 5월 13일, 클로드 루아와 나는 갈리마르 도서관에서 다시 만났다. 클로드는 그의 소설 《사랑하는 불행》의 증정본에 사인을 하고 있었고, 나는 내 소설 《매복》에 사인을 했다. 우리는 서로 묘한 표정을 지었다. 프랑스의 체제가 바뀐 날 세상에 태어난 우리의 주눅 든 혁명가 연인들은(두 작품 모두에 등장하는) 어떻게 될까?

콜랭쿠르 길 61번지

1958년 가을, 어머니가 파리로 돌아왔다. 어머니는 알제리 콩스탕틴을 떠나온 안경사들에게 가게를 팔았다. 그리고 콜랭쿠르 길의 아파트 한 채를 사서 종신연금으로 전환했다. 그 덕에 수입이 생겼다. 그 거주지를 어머니는 아주 쾌적하게 생각했다. 1층 정원으로 출입했고, 4층의 방 창문으로 몽마르트르 북쪽이 내려다보였다. 어머니는 이 아파트에서 1970년 9월에 삶을 마감했다. 이른 아침, 장의차가 우리를 피레네 지역 오비스크 고개 아래에 자리한 아르즐레스가조스트 묘지까지 데려갔다. 나의 누이 오데트가 이미 잠들어 있는 곳이었다.

라마르크 길

콜랭쿠르 길에서 계단을 내려가면 라마르크 길에 이르게 된다. 그곳 지하철 입구에서 두어 발짝 떨어진 곳에 '안개낀 성'이라는 이름의 책방이 하나 있다. 몽마르트르의 유명한 건축물을 연상시키는 이름이다. 같은 제목을 가진 롤랑 도르젤레스Roland Dorgelès의 소설도 있다. 어머니가 그 책방 앞을 지나다가 진열창에서 내 책을 보았다. 늘 그렇듯이 어머니는 당당하게 들어가서 말했다. "내가 저 작가의 어머니요." 책방주인인 모리스 주아요가 대답했다. "아드님을 알게 되면 정말 기쁘겠습니다." 그렇게 해서 나는 모리스 주아요와 그의 가족과 친구가 되었다. 주아요는 이름에 걸맞게[31] 몽마르트르의 아나키스트들, 루이즈 미셸 그룹과 아나키스트들의 신문인 〈르 몽드 리베르테르〉지를 활기차게 이끌고 있었다. 어머니가 나를 아나키스트들에게로 끌어들인 것이다! 이 일은 어머니와 내 삶에 일어난 숱한 역설적인 일화들 중 하나일 뿐이다.

방돔 광장 15번지

갈리마르 출판사에서 외국문학을 담당하던 소설가 모니크 랑주Monique Lange는 무척이나 친절한 친구였다. 그녀는 베르그송과 엠마뉘엘 베를의 인척인데, 특히 미국 작가들에게 매력적인 대화 상대였다. 포크너와 헤밍웨이는 파리에 오면 그녀와 함께 산책하길 좋아했다.

미국 유명 출판인의 아내인 블랑슈 크노프는 리츠 호텔에 묵으며 프랑스 작가들을 그곳으로 부르는 버릇이 있었

---

31) 주아요Joyeux는 '즐거운', '유쾌한'을 뜻한다.

다. 1960년에 크노프 출판사에서 번역 출간한 내 소설이 한 권 있었기에 그녀는 내게 그 단골호텔에서 만나자고 연락해왔다. 홀 소파에 자리 잡고 앉자 그녀는 프랑스와 이탈리아 문단의 소식을 물었다. 내가 언급하는 이름마다 그녀는 잘라 말했다. "그건 미국 독자들에게 소개할 만큼 충분히 매력적이지 않아요." 이 흥미로운 대화 도중에 나는 헤밍웨이와 모니크 랑주가 호텔로 들어오는 걸 보았다. 나를 본 모니크가 헤밍웨이와 나를 만나게 할 생각으로 그와 함께 우리 쪽으로 왔다. 그러나 몇 걸음 다가오던 헤밍웨이가 늙은 골칫덩이로 여기던 블랑슈를 알아보고는 발길을 돌렸다.

시테 베롱 6-1번지

자크 프레베르는 물랭 루주를 따라 이어지는 막다른 길 시테 베롱에 살았다. 물랭 루주 테라스에는 아담한 집 한 채가 있었다. 풍차에 가려져 길에서는 보이지 않았다. 바로 거기에 보리스 비앙Boris Vian이 살고 있었다. 따라서 사람들은 그곳을 '세 영주의 테라스'라고 불렀다. 콜레주 드 파타피지크Collège de 'Pataphysique[32]의 세 권위자들, 즉 보리스 비앙,

프레베르, 그리고 프레베르의 개에게 경의를 표하는 이름이
었다.

1959년 레몽 크노Raymond Queneau는 악덕관리인Vice-
Curateur[33], 다시 말해 콜레주의 최고 스승을 선정하는 유일
한 유권자였다. 그는 기욤 아폴리네르가 몰레 남작이라고
이름 붙인 노인을 선택했다. 그가 아폴리네르의 비서였던
가? 아니면 더 상스럽게 말해 그의 몸종이었던가? 사람들
은 비서라고 말하는 편을 선호했다. 그는 카페를 전전하며
추억거리나 얘기하면서 기생충 같은 삶을 오래도록 살았다.
새 악덕관리인의 취임 파티를 위한 장소로 세 영주의 테라
스가 선택되었다. 몸이 불편한 몰레 남작이 계단을 오를 수
없었기에 가마에 태워 테라스까지 올렸다.

프레베르, 나는 그가 사방팔방에 뿌려대던 시를 사람들
이 베껴 적고 서로 나누고, 신문이나 잡지에서 그의 시 한
편을 발견하면 행복해 하던 걸 결코 잊을 수가 없다. 그러
다 1945년, 르네 베르틀레René Bertelé와 푸엥 뒤 주르라는

---

32) 1948년에 결성된, 형이상학을 넘어서는 예외적이고 부대적이고 무용한 것을 학문
    적으로 연구하는 모임. 피상적인 눈에는 이 모임의 활동이 조롱어린 염세주의와
    신랄한 허무주의로만 보이겠으나, 실은 도달할 수 없는 의식의 세계를 연구하고
    예외를 지배하는 법칙을 설명하려는 것이다.
33) 콜레주 드 파타피지크가 어떤 유용성도 갖지 않도록 감시하며 운영하는 통솔자.

출판사 덕에 《말》이라는 시집이 출간되었다. 나는 내 누이에게 선물했던 그 시집을 아직도 가지고 있다. 게다가 표지는 브라사이가 찍은 낙서 사진이었다.

시인의 생애 말엽에 나는 출판일로 시테 베롱에서 그와 함께 작업했다.

파리의 거리들에 바치는 나의 이 작은 책에 프레베르가 이제 막 등장했으니 어찌 시집 《파트라》에 실린 그의 시 〈나의 거리여, 내가 그대를 더럽힙니다Je vous salis ma rue[34]〉를 인용하지 않을 수 있겠는가.

렉퇴르푸엥카레 길

라디오 방송국이 새로 건설되는 동안 우리는 거기서 두어 발짝 떨어진 렉퇴르푸엥카레 길에 자리한 큰 스튜디오에서 방송을 했다. 그런데, 같은 길에 소설가 제라르 두빌Gérard d'Houville이 살았고, 나는 그를 인터뷰하게 되었다. 아주 퉁명스런 노파가 나를 (불친절하게) 맞이했다. 게다가 나

---

34) 성모송 "Je vous salue Marie"와 발음이 유사한 시구.

는 그의 작품에 그리 큰 흥미를 느끼지 못했었다. 그 후로 나는 나의 무지를 줄곧 한탄하고 있다. 내가 제대로 알았더라면! 제라르 두빌은 바로 마리 드 레니에였다. 피에르 루이스Pierre Louÿs의 연인이었고, 시인 조제 마리아 드 에레디아José Maria de Heredia의 눈부신 세 딸 중 한 명인 마리 드 레니에. 조제 마리아 드 에레디아가 1894년에 프랑스 학술원 회원으로 선출되었을 때 마리는 그것을 조롱하며 뉴칼레도니아 학술원을 창설하고, 자신을 그곳의 여왕으로 선포했다. 피에르 루이스가 너무 가난해서 그녀는 앙리 드 레니에와 결혼했다. 루이스는 그것이 위장결혼이며, 마리가 실은 동성애자라고 암시했다. 《아프로디테》의 저자 루이스가 티그르(호랑이)라는 눈에 띄는 별명을 가진 마리의 아들의 생부인 것으로 보인다. 그 후 그녀는 여러 남자와, 특히 장 드 티낭과도 관계를 맺었다. 피에르 루이스는 마리를 곁에 둘 수 없게 되자 1899년에 그녀의 여동생 루이즈 드 에레디아와 결혼했다. 그동안 가련한 앙리 드 레니에는 여러 차례 베네치아에 머물며 위안을 찾았다. 그는 이렇게 썼다. "슬퍼하기에 감미로운 장소들이 있다." 혹은 "슬픔이 다른 곳보다 당신에게 도달하기 훨씬 어려운 미로 같은 곳이 있다." 피에르 루이스가 찍은, 자극적일 정도로 깡마른 마리의 누드 사진들도 남아 있다.

그런데 나는 이 모든 것에 대해 하나도 알지 못했다!

내가 방문하고 얼마 지나지 않아 제라르 두빌은 산 채로 태워지는 끔찍한 종말을 맞았다. 불이 그녀의 실내복에 옮겨 붙은 것이다.

레오뮈르 길 100번지(여전히 그리고 언제나)

이미 얘기했듯이 나는 1944년 〈콩바〉와 다른 여러 신문사가 자리 잡고 있었던 레오뮈르 길 건물 계단에서 처음 카뮈를 보았다. 1960년 1월 4일 월요일 오후, 내가 계단을 올라가고 있는데 한 여비서가 나를 멈춰 세웠다.

– 어디 계셨어요? 사방으로 찾아다녔어요!

– 왜요?

– 피아의 주소를 알고 싶어서요.

– 피아의 주소는 왜요?

– 뭐라고요? 모르세요? 카뮈가 죽었어요.

그때 나는 기이한 반응을 보였다. 인쇄소로 간 것이다. 마치 그곳으로 피신하려는 듯이. 그곳에 가면 15년 전에 카뮈와 함께 조판대에서 숱한 밤을 보냈던 사람들을 만날 수 있다는 걸 나는 알았다. 그곳에는 모두가 베베르라고 불렸던 우리의 고참 식자실장 루아가 있었고, 카뮈와 〈프랑스 수아르〉에서 일했고 1940년 피난 때 클레르몽페랑에서 그와 방을 함께 썼던 늙은 편집자 다니엘 르니에프Daniel Lenief도 있었다. 우리는 할 말을 잃고 작업실 한쪽 구석에 모여 있었다. 나는 문 가까이에 있는 선반을 바라보았다. 그곳에서 카뮈는 자주 페이지 레이아웃을 검열하고, 마지막 교정쇄를 수정했다. 누군가 결국 내게 말했다.

"카뮈에 대해 기사를 쓰게 되면 우리가 그의 친구였다고 말해주게…."

얼마 지나지 않아 식자공들과 교정자들이 "책 친구들이 알베르 카뮈에게"라는 제목으로 공동저작을 펴냈다. 그들은 내게 그 책의 서문을 청하면서 함께할 영광을 누리게 해주었다.

라파예트 길

1961년 1월, 나는 알리다 발리Alida Valli · 파를레 그랑제

Farley Granger와 함께 지금은 사라지고 없는 라파예트 극장으로 비스콘티의 〈애증Senso〉을 보러 갔다. 리소르지멘토[35] 시절을 배경으로 펼쳐지는 감동적인 걸작의 효과였을까? 이 영화가 오래 전부터 징후를 보이고 있었던 나의 첫 번째 아내와의 결별을 촉발한 것 같다.

레옹 길 20번지

구트도르 구역에 있는 나의 새로운 동반자의 스튜디오로 옮겨 갔다. 에밀 졸라의 《목로주점》의 무대가 되었던 구역으로 기억된다. 당시는 알제리와 전쟁 중이었던 터라, 북아프리카인들이 많이 이주해온 그 구역엔 무장한 원주민들이 누비고 다녔다.

어느 날 나는 가스 냄새를 맡았다. 당혹스러울 정도로 내 경우와 유사하게 아내와 아이들을 떠나온 같은 층 이웃 사내가 스스로 목숨을 끊었다. 소파 위에 완전히 죽어 있는 그를 발견한 건 나였다.

---

35) '부흥'을 뜻하는 이탈리아어로, 이탈리아 통일운동을 가리킨다.

정말 묘하게도 나는 7년 후인 1968년 9월 또 한 번의 이별을 겪고 레옹 길로 다시 돌아와 이전 동반자의 뒤를 이어 내 삶에 합류할 또 다른 여자와 만나게 된다.

드루오 길 2번지

사람들은 파멜라 무어Pamela Poore를 미국의 프랑수아즈 사강이라고 불렀다. 그녀는 열여덟 살에 쓴 소설 《아침식사 엔 초콜릿》으로 유명해졌다. (이스라엘의 사강이라는 야엘 다얀도 있고, 알제리의 사강이라는 아시아 제바르도 있었다). 파리에 들른 파멜라 무어는 가수 질베르 베코Gilbert Bécaud를 만나고 싶어 했다. 특이한 생각이었지만 나는 그 만남을 주선했다. 질베르 베코는 열기는 식었어도 드루오 길 2번지 2층에 여전히 남아 있던 신화적인 록 디스코텍 '골프 드루오'[36]에서 만나자고 했다. 만남은 호의적으로 이루어졌다. 더 시간이 흘러 1964년에 우리는 이 젊은 소설가의 자살 소식을

---

36) '록의 사원'이라는 별명을 단, 파리 최초의 록 디스코텍. 1955년에 미니골프장을 갖춘 찻집으로 시작했다가 1961년에 디스코텍으로 변했다.

듣게 되었다.

나시옹 광장

한 번 더 나는 책 한 권을 대필했다. 이번에는 실비 폴의
책이었다. 그녀는 묵고 있던 뇌브뒤테아트르 길에 있는 호
텔 여주인을 병으로 쳐서―술 취한 여자들의 싸움이었다―
죽인 뒤 지하실에 유폐한 죄로 10년 복역을 마치고 출감했
다. 실비 폴은 참으로 묘한 인성의 소유자였다. 어린 시절부
터 도둑질을 하고 라벤스부뤼크 강제수용소에 갇혔다가 탈
옥하고…. 그녀는 범죄를 저지르기도 전에 장-루이 보리의
소설에 영감을 주었다! 그녀를 만나보라고 나를 보낸 건 피
에르 라자레프였다. 그는 그녀의 눈길에 매료되었다고 했
다. 참으로 강렬해서 질 나쁜 신문지 정도는 너끈히 뚫고 상
대를 꿰뚫어볼 것 같은 눈길이라는 것이다.

나는 실비 폴을 세트sète에서 찾았다. 출옥한 그녀에게 한
개신교 재단이 임시 거처를 마련해 주었다. 그 후 그녀의 변
호사는 나시옹 근처에 사는 한 부부에게 그녀를 맡긴다는
기이한 생각을 해냈다. 그 생각이 기이한 건 그때가 알제리

전쟁 때였고, 집주인인 장-자크 루세는 F.L.N.(민족해방전선)을 지지하는 조직망에 가담하고 있었기 때문이다. 알제리의 독립을 반대하는 O.A.S.(비밀무장조직)는 이미 그에게 사형선고를 내렸다. 그가 알제리의 민족지도자 메살리 하지 지지자들에게도 해를 끼친 모양이어서 이 조직도 그를 죽이기로 결정했다. 그런데 이걸로 끝이 아니었다. 그가 F.L.N. 프랑스 연맹 우두머리의 동반자를 빼앗는 바람에 F.L.N.도 그를 죽이려 들었다. 세 급진파가 모두 그를 노리고 있었다.

나는 일주일에 두세 번씩 무거운 녹음기를 들고 실비 폴의 기억을 모으러 이들의 집에 다녔다. 조그만 소리에도 우리는 겁이 났다. 여차하면 침대 밑에 숨을 태세였다. 나는 결국 실비 폴의 변호사를 설득해 덜 위험한 거주지를 찾아주게 했다.

이 집주인은 머리 위로 쏟아지는 온갖 위협은 잘 피했지만, 결국 암은 이겨내지 못했다.

마르카데 길 127번지

1961년 6월, 우리는 마르카데 길에서 테라스가 있는 아파트 하나를 발견했다. 사람들이 메종 베르트라고 불렀던 곳에 새로 지어진 건물이다. 1871년에 한 영국인 목사가 코 뮌의 폐허를 보러 온 모양이었다. 그는 몽마르트르의 주민들이 완전히 불신자들이니 복음을 전하면 좋겠다고 생각했다. 따라서 그곳에 터를 잡고 종교의식과 회합의 장소로 메종 베르트를 지었다. 현대식 건물의 안뜰에는 라 데팡스에 있는 C.N.I.T.(국립공업기술센터) 건물을 닮은 곡선 모양의 교회를 지었다.

〈엘〉지 기자 친구들은 우리 테라스에 열광했다. 그들은 그곳에서 잡지에 실을 아이디어를 얻었다. "당신의 파리 테라스를 정원으로 바꾸세요."라는 아이디어였다. 그들은 3일 동안 온갖 식물과 촬영용 물품들을 가지고 왔고, 전화를 걸어댔다. 실제로 결과는 아주 예뻤다. 그러나 촬영이 끝나자마자 실망스럽게도 그들이 모든 걸 가져가버려 테라스는 다시 헐벗은 상태가 되었다.

메종 베르트 외에도 이 마르카데 길에는 몇 가지 신기한 것들이 있었다. 기이한 여인상 두 개를 세워 놓은 집이 있다. 아니 있었다. 잠수부를 묘사한 조각상이었다. 그러던 어느 날, 집도 잠수부도 사라졌다. 나라면 그것들을 기꺼이 역사적 기념물로 지정했을 것이다.

몽팡시에 길 36번지

텔레비전 방송 〈20세기의 기록〉을 위해 나는 엠마뉘엘 베를과 팔레루아얄에 있는 그의 아파트에서 4시간 동안 녹화를 했다.

훗날, 그의 아내인 유명가수 미레유는 우리가 녹화하는 동안 자신은 부엌에 갇혀 있었다고 회상했다.

"어느 순간 모두가 웃는 소리가 들리기에 문을 살짝 밀어 보았죠. 그런데 당신들은 죽음에 대해 말하고 있더군요."

몽탈랑베르 길 5번지

퐁루아얄 호텔 지하에 바가 하나 있었다. 그곳은 조금은, 아니 거의 갈리마르 출판사의 전용 바 같은 곳이었다. 1975년 어느 날 그곳에서 나는 알레호 카르펜티에르Alejo Carpentier와 맞닥뜨렸다. 그가 내게 같이 한잔 하자고 해서 우리는 퐁루아얄 바의 어슴푸레한 빛 아래에서 수다를 떨었다. 그는 프랑스어를 완벽하게 구사했고, 나는 그가 몽파르나스 억양으로 에스파냐어를 말한다는 느낌을 받았다. 나는 마땅히 그래야 할 것 같아서 지금 무슨 작품을 쓰고 있냐고 물었다. 그는 18세기의 한 멕시코인이 몬테수마로 변장하고 베네치아의 카니발에 나타난 이야기를 하기 시작했다. 그 인물은 비발디와 헨델과 함께 산 미켈레 묘지로 가서 스트라빈스키의 무덤을 찾았다. 아마 거기엔 루이 암스트롱과 그의 트럼펫도 있을 것이다….

나는 이 쿠바 작가가 완전히 미쳤나 보다 생각했다. 그가 내게 그 멋진 소설, 그 보석 같은 소설 《바로크 콘서트》에 대해 말하고 있다는 건—사실 이야기를 대단히 재미없게 하긴 했다—꿈에도 짐작하지 못했다.

얼마 후, 1980년경, 나는 알레호 카르펜티에르에게 그가 한 피카소 시 번역을 화가의 미망인인 자클린이 마음에 들어 하지 않았다는 설명을 해야 하는 괴로운 임무를 맡았다. 저속하다는 것이 이유였다. 이를테면 그녀는 그가 "los ojos"를 '눈'으로 번역하길 바랐다. 카르펜티에르가 외쳤다. "그렇지만 에스파냐어를 조금이라도 아는 사람이라면 누구나 'los ojos'의 뜻이 '똥구멍'이라는 걸 알아요!"

프란시스코 데 케베도Francisco de Quevedo의 소네트를 여는 이 시구를 떠올려보라.

La voz del ojo, que llamamos pedo.

(우리가 방귀라 부르는, 똥구멍의 목소리.)

테아트르프랑세 광장

시인 장 폴랭은 1923년 고향 노르망디 지방의 카니시에서 출발해 파리에 도착한 일을 종종 이야기했다.

-그때 나는 스무 살이었는데, 당장 코메디 프랑세즈로 달려갔죠.

-무슨 공연이 있었나요?

-모르겠어요.

-어째서 모릅니까?

-잊어버렸어요. 내가 아는 건 거기 사라 베른하르트가 있었다는 것뿐이오.

-그녀가 무슨 작품을 연기했나요?

-모르겠어요. 저녁 내내 나는 사라 베른하르트만 바라보며 이렇게 생각했죠. "넌 빅토르 위고와 같이 잔 여자를 보고 있어!"

장 폴랭에게 시인이 되고 싶다면서 어떻게 법관이라는

직업을 가졌냐고 물었더니 이렇게 대답했다.

"제가 좀 순해빠져서요."

포부르생자크 길 81번지

포 출신의 내 여자친구 질베르트와 결혼한 브라사이는 거의 가족이나 다름없는 아주 절친한 친구가 되었다. 노트르담데샹에서 그를 결혼시킨 것도 나였고, 몽파르나스 묘지에 그를 묻은 것도 나다. 나는 포부르생자크 대로 모퉁이, 같은 이름을 가진 길에 있는 아주 작지만 아주 편안한 그의 아파트를 자주 찾았다. 욕실은 사진현상실로도 쓰이고 있었다. 사방에는 책뿐만 아니라 그 세대 초현실주의자들이 좋아한 온갖 자질구레한 물건들이 널려 있었다. 토끼뼈, 자갈 등 별의별 게 다 있었다.

여전히 명성을 떨치고 있던 장 주네가 자기 사진을 찍으려고 포부르생자크 길의 브라사이 집에 왔다.

브라사이가 얘기했다.

"그는 무심코 창문 밖을 바라보더니 눈을 떼지 못했어."

브라사이의 아파트에서 상테 감옥이 보였기 때문이다.

남자 애인과 함께 다시 온 장 주네가 애인에게 창문 밖을
보라고 했다. 청년은 아무 반응을 보이지 않았다.

– 이런, 못 알아보겠어? 상테잖아!

– 난 그 내부밖에 몰라!

라모 길

바로 그 장 주네가 어느 날 내게 말했다.

"난 아주 예쁜 주소를 가졌네. 라모[37] 길, 백합꽃 호텔, 주
네.

그는 그 주소를 아주 자랑스러워했지만 오래 간직하진
않았던 것 같다. 그는 숙박비도 지불하지 않고 소지품들을
남겨둔 채 끊임없이 이사를 했다. 파자마, 셔츠…. 그러면
호텔 주인들 대부분은 그것들을 갈리마르 출판사로 보냈다.

---

37) rameau, '잔가지' 혹은 '종려나무 가지'를 뜻하는 프랑스어.

도핀 길 16번지

1966년 5월 9일에 나는 가정불화로 마르카데 길을 떠나 도핀 길에 있는 클로드 루아와 그의 아내 롤레 벨론 집으로 피신했다. 그리고 아주 작은 부엌 구석에 놓인 좁은 소파에서 잤다.

뱅센, 파리 길 140번지

짧게 교외 생활을 했다. 교외라지만 뱅센의 파리 길, 생망데 역 근처다. 아주 작은 정원이 딸린 아담한 집. 쉽게 지붕에 오를 수 있게 되어 있어 즐겨 오르곤 했다. 그건 나의 오랜 꿈이었다.

루르멜 길 154번지

나는 몇 달 동안만 뱅센에 머물렀고, 이미 말했듯이 레옹 길 20번지에 잠깐 머물렀다가 새로운 삶을 살기 위해 루르

멜 길에서 아파트를 찾았다. 1949년에 살았던 91번지보다
더 남쪽으로. 이번에는 발라르 광장과 가까운 154번지이다.
그곳에서 멀지 않은 곳, 외곽도로 쪽에 살고 있던 친구 이
방 오두아르와 나는 누가 우리에게 어떤 문학 그룹에 속하
는지 물으면 이렇게 대답했다. "네, 발라르 광장파에 속합니
다." 루르멜 길에서 사냥개 종류인 브라크 생제르맹 종 율
리시즈가 우리 삶에 끼어들었다.

빅토르셸세르 길 11-1번지

나는 시몬 드 보부아르를 만나려고 그녀의 집으로 찾아
갔다. 그때가 1970년이었다. 그녀의 책 《노년》이 막 출간되
었을 때다. 노년에 대해 묘사한 책인데, 그녀 특유의 표식이
라 할, 모든 걸 밝히려는 염려가 느껴졌다. 그녀가 내게 물
었다. "신랄하게 자책할 만하다고 말한 사람이 당신 맞아
요?" 나는 털어놓지 않을 수 없었다. "맞습니다. 제가 그랬
어요."

쥐노 길 24번지

1972년 초. 몽마르트르로 돌아왔지만, 며칠 동안 병원에 머물러야 할 가벼운 수술 때문에 아주 짧게 머물렀다. 미셸 모르강Michèle Morgan과 그녀의 의붓딸 다니엘 톰슨Danièle Thompson과 함께 텔레비전 시리즈물을 작업하기 위해 쥐노 길을 훨씬 기분 좋게 다시 찾게 되었다. 다니엘 톰슨은 이 길 위쪽에 자리한 블랑슈 박사의 아주 유명하고 오래된 개인병원에서 살았다.

로케트 길 173번지

나는 책 관련 인터뷰 때문에 아나키스트 방송인 〈라디오-리베르테르〉 스튜디오에 자주 초대받았다. 그 스튜디오는 처음엔 아베스 길에 있었는데, 로케트 길 위쪽, 협소해 보이는 장소로 옮겨갔다. 시간이 얼마나 빨리 흘러가는지! 모리스 주아요의 후손들이 그곳에서 일하고 있었다! 대단히 노련한 알렉상드린이 내게 질문을 던지는 동안 그녀의 남편은 아기에게 우윳병을 물리면서 음향녹음을 했다. 다른 스튜디오에서는 결코 보지 못한 광경이었다. 세월이 흐르고 인터뷰 횟수가 점차 늘어가는 동안 그들에게는 두 번째 아기가 생겼고, 그 후 아기들이 자라서 소녀가 되고, 아가씨가 되더니 날아갔다.

릴 길 78번지

놓치지 말아야 할 진기한 광경. 나는 독일대사가 릴 길에 있는 저택에서 여는 문학 리셉션에 초대받아 갔다. 대사는 욕실을 활짝 열어두어 손님들이 보고 감탄하게 했다. 왜냐하면 그 집은 나폴레옹 1세의 황후였던 조제핀 드 보아르네의 아들인 외젠 드 보아르네의 저택이었고, 그가 그 내밀한 공간을 믿기 힘들 정도로 호사스런 제국 스타일의 걸작으로 개조해놓았기 때문이다.

박 길 81번지

드디어 목적지에 다다랐다. 1972년에 페미나상을 받은 덕택에 나는 그르넬 길과 바렌 길 사이 박 길 81번지에 있는 아파트 한 채를 살 수 있었다. 지금 같으면 가능하지 않았을 것이다. 물가가 열 배는 뛰었으니까. 하지만 그 시절에는 가을의 큰 문학상을 받은 행복한 수상자들은 대부분 아파트 한 채는 살 수 있었다.

집에서 나설 때 나는 종종 길 건너편으로 가서 고개를 들고 나의 조각상들에 인사를 한다. 조각상은 세 개다. 내 아파트 양쪽 창문 사이의 벽감에 자리하고 있다. 두 세기의 바람과 태양과 비에 닳은 님프상들이다. 그 조각상들은 내 층, 내 아파트의 일부이기에 내 것이라고 할 수 있다. 그러나 나는 그것들을 맞은편 인도에서만 볼 수 있다. 아니면 위험하게 내 집 창문 밖으로 몸을 내밀고 봐야 한다. 하지만 아무리 몸을 비틀어도 그 여자들의 가슴이나 허벅지를 스치거나, 악천후에 쓸린 얼굴을 어루만질 수는 없다.

내 집 자리에는 혁명기에 파괴된 레콜레트 수녀원이 있었다. 대개 레콜레[38] 수도사라고는 불러도 레콜레트 수녀라고는 말하지 않는다. 수녀원은 그 지역의 많은 부동산을 소유했었지만, 이젠 옛 교회 건물만 간직하고 있다. 그곳은 회

---

38) 프란체스코 원시회칙파 수도자들을 '레콜레'라고 부른다.

합장이었다가 극장으로 바뀌었고 다시 무도장이 되었다. 내가 도착했을 당시 그곳엔 요가와 체조 교습소가 있어서 창문으로 사람들이 움직이는 게 보였다. 오늘날에는 가구점이 들어서있다. 수도자들은 아주 가까운 바렌 길에 있었다. 어쩌면 너무 가까이 있었는지 모른다. 사람들은 수도자들을 가능한 멀리하는 게 현명한 일이라고 판단했다. 그래서 그들은 동역 부근에 자리를 잡았다.

예전에 수녀원은 세상을 피해 은둔하고 싶어 하는 귀족 가문의 부인들에게 작은 아파트를 빌려주었다. 그런 식으로 마담 드 슈아쇨이 내 집 자리에서 살았다. 루이 15세의 유능한 대신이었던 그녀의 남편이 죽자 그녀는 자기 재산을 빚을 갚는 데 쓰고 혁명 때까지 이 수녀원에 머물렀다. 숨는 것이 신중한 태도라고 판단했던 것이다.

박 길 108번지

박 길에서 살게 된 때부터 나는 거의 매일 로맹 가리를 만났다. 박 길은 그의 고국이었다. 그는 자기 안에 온갖 혈통이 뒤섞여 있다고 주장했다. 타타르인·유대인·러시아인

·폴란드인. 그는 세계의, 혹은 유럽의, 혹은 심지어 프랑스의 시민이 되고 싶은 마음이 없었다. 그는 아주 작은 지역에 속해야 한다고 생각했다. 아니 그조차도 아니라고 생각했다. 그래서 그는 박 길에 속했다.

같은 주소에서 나는 매우 독창적인 작가이자 배우인 롤랑 뒤비야르Roland Dubillard를 만났다. 그는 〈그레구아르와 아메데〉라는 라디오 방송으로 우리를 참으로 즐겁게 해주었고, 《순진한 제비》나 《뼈의 집》 같은 희곡작품도 내놓았다. 늦게 집에 돌아올 때 나는 그가 길을 건너 늦게까지 열려 있는 퓔시넬라라는 식료품 가게로 들어가는 걸 보곤 했다. 위스키를 비축해두기 위해서였다.

그 시절에 우리에겐 가사도우미가 한 사람 있었는데, 독점했던 건 아니다. 우리는 뒤비야르와 그 동네 다른 사람들, 특히 가톨릭 구호단체의 총재인 로댕 경과도 도우미를 공유했다. 마리아가 우리에게 털어놓았다. "그 분은 모든 걸 읽으세요. 갈리마르에서 나온 책들까지도요." 한 번은 그녀가 충격 받은 얼굴을 하고 있었다. 로댕 경 집에서 〈플레이보이〉 한 권을 발견했던 것이다. 그녀가 충격에 빠진 건 그가 성직자여서가 아니라 그의 나이 때문이었다. "저 정도 노인이라면 더이상 그런 게 필요 없을 텐데 말이에요!"

박 길 120번지

조금 더 멀리, 작은 공원 맞은편, 샤토브리앙이 살았던 바로 그 집에서 나는 내가 알았던 사람들 중 가장 매력적인 남자이자 교양과 유머를 한껏 갖춘 자크 티네 대사와 함께 텔레비전으로 럭비 경기를 보곤 했다.

박 길 140번지

아주 자주, 거의 매일이라고도 말할 수 있겠다. 사람들이 내게 기적의 메달 예배당이 어디 있는지 묻는다. 그런 순례자들 중에는 시칠리아 사람과 아일랜드 사람이 많다. 나는 그들에게 설명한다. "오른쪽 인도 위쪽, 봉 마르세 바로 앞"에 있어요. 갈리마르 출판사를 지탱하는 기둥들 중 한 사람이고, 더구나 예전에 성직자였던 시인 장 그로장Jean Grosjean은 자신이 카트린 라부레Catherine Labouré 성녀의 친척이라고 내게 말했다. 그러곤 이런 말을 덧붙였다.

"그분은 집안에서는 아무 짝에도 쓸모없는 사람이었어. 그래서 가족들이 수녀로 만든 거지. 그런데 수녀들 사이에서도 아무것도 하고 싶지 않았던 거야. 그래서 성모를 보았다고 말한 거지."

이 말로 그는 기적의 메달을 관리하고 있던 생뱅상드폴 수녀들의 냉혹한 적개심을 한 몸에 받았다.

부시코 공원

저녁마다 나는 부시코 공원 근처로 율리시즈를 산책시켰다. 그곳에는 돼지비계 더미를 닮은 돌덩어리가 있는데, 그 것은 봉마르세 백화점의 자비로운 창립자를 기리는 조각상으로 간주된다. 이 공원을 돌다가 이상한 만남을 종종 가졌다. 이를테면, 〈열린 도시 로마〉의 주역으로 배우이자 감독인 마르첼로 파글리에로도 그곳에서 개를 산책시키곤 했다. 어느 날 밤, 키 작은 노파가 내게 말을 걸었다. "나를 못 알아보겠어요? 마리안 오스왈드예요!" 나는 그녀가 전쟁이 끝나고 프랑스에 돌아온 뒤로 뤼테시아 호텔의 다락방에서 살고 있다는 걸 알았다. 언젠가 알베르 카뮈가 1946년에 뉴 욕의 허름한 카페에서 그녀를 어떻게 다시 만났으며 어떻 게 그녀를 파리로 데려왔는지 다른 지면에서 얘기한 적이 있다. 카뮈는 그녀가 너무 성가셔서 내가 공연물을 한 편 써줄 거라고 말하고 그녀를 떼어놓았다고 했다. 나는 최선을 다했지만 어떤 것도 그녀 마음에 들지 못했다.

생토마다캥 광장

레몽 크노가 1976년에 사망했다. 그가 사적인 일기를 쓰고 있었다는 게 밝혀졌다. 우리는 그가 갈리마르 출판사를 나서면 퐁루아얄 바bar로 간 게 아니라 생토마다캥 성당에 들어가 초에 불을 붙였다는 사실을 읽고 어안이 벙벙했다.

미셸 모르트Michel Mohrt의 증언에서 이런 글을 발견했다.

"그가 피곤하면 성당 한 곳, 두 곳, 세 곳을 찾아 들어갔다는 걸 누가 믿겠는가. 나는 일곱 곳까지 센 적이 있다. 곧 사라질 의기양양한 대성당들이 아니라 주택들 틈에 숨어있는 작은 성당들이었다. 노트르담드라크루아, 생세브랭, 그리고 확 트인 '호사스럽고 장엄하며 포근한' 생토마다캥까지. 그는 그곳에서 첫 영성체 때처럼 작은 기도를 올리곤 했던 모양이다…."

포부르생자크 길 27번지

1986년 10월, 나는 장 지오노 전시회 개막식을 위해 생트로페로 갔다. 돌아올 때 툴롱이에르 공항에서 넘어지는 바람에, 안경 금속테가 내 한쪽 눈 둘레를 찢었다. 피가 철철 흘렀는데 공항 관계자가 임시변통으로 붕대를 감아주어서 어쨌든 비행기를 탈 수 있었다. 그런데 오를리 공항에서는 나를 집으로 보내지 않고 코생 병원 응급실로 보냈다. 일요일 저녁 응급실은 침울하지만은 않았다. 사람들이 들것에 실린 채 줄지어 있었다. 나는 주정뱅이와 죽어가는 사람 사이에서 몇 시간 동안 기다렸다. 한 인턴이 내게 말했다. 다른 환자들을 치료한 다음에 내 상처를 꿰매줄 수 있을 거라고. ('환자patient'라는 말은 정말이지 적절했다.[39]) 기다리는 동안 유일한 기분전환 거리는 환자들 사이를 오고가는 아주 예쁜 간호사를 바라보는 것이었다. 마침내 인턴이 나를 돌볼 수 있게 되었을 때 그 간호사가 의사 보조 역할을 했다. 그런데 내 얼굴에 수건을 덮는 바람에, 나는 아무것도 볼 수가 없었다. 살이 늘어지는 걸 막기 위해 마취 없이 꿰매는

---

39) 환자를 의미하는 patient은 '참을성 많은 사람'을 뜻하기도 한다.

동안 나는 인턴이 간호사에게 작업 거는 소리를 들었다. 의사가 그 즐거움을 위해 일부러 천천히 꿰매는 건 아닌지 의심이 들기 시작했다.

　나는 다른 병원으로 가겠다고 할 수 있었는데도 용기가 나지 않았다.

바렌 길 53번지

　이웃길인 바렌 길을 내려올 때 매번 나를 꿈꾸게 하는 것은 국무총리가 머무는 마티뇽 관저도 아니고(그곳 정원에는 멋진 개무덤도 있다), 아라공의 집도 아니며, 쥘리앵 그린이 살았던 자리에 새로 들어선 건물도 아니다. 나를 꿈꾸게 하는 건 53번지다. 왜냐하면 내가 존경하는 작가들 중 한 사람인 미국 여성 소설가 이디스 워튼Edith Wharton[40]이 오랫동안 그곳에 살았기 때문이다.

---

40) 소설 《순수의 시대The Age of Innocence》를 발표하여 여성 최초로 퓰리처상을 수상하였다.

바렌 길 56번지

바렌 길에 좀 더 머물자. 엘자 트리올레가 새 소설 한 편을 저질렀다. 《새벽이 오면 종달새는 울지 않는다》였는지 아니면 《안녕 테레즈》였는지는 정확히 기억나지 않는다. 나는 라디오 방송을 위해 그녀 집으로 인터뷰를 하러 갔다. 내가 들어서기 무섭게 그녀가 아라공에게 사라지라고 명령했다. 반박의 여지를 주지 않는 어조로 "루이!" 하고 외치던 그녀의 목소리가 지금도 들리는 듯하다. 루이는 슬그머니 사라졌다. 놀랍지 않았다. 그가 나를 만날 때마다 우리가 그리 친한 사이가 아닌데도 엘자에 대한 불평을 늘어놓고, 그녀가 최근 그에게 가한 모욕에 대해 얘기했기 때문이다. 하지만 그걸 아는 척했다가는 큰 불행이 닥칠 것이 뻔했다. 아마도 벼락을 맞았을 것이다.

엘자와 서재에 단둘이 앉아 녹음을 시작했다. 끝났을 때 엘자는 불만스러워 보였다.

– 당신하고는 뭔가 꺼림칙해요. 당신이 무슨 생각을 하는지 도무지 알 수가 없어요.

– 원하신다면 녹음을 다시 하시죠.

– 아니에요. 청중은 아주 좋아할 겁니다. 그런데 당신이

내 소설을 좋아하는지 좋아하지 않는지는 모르겠어요.

포부르생토노레 길 55-57번지

클로드 루아와 프랑수아 미테랑 둘 다 샤랑트의 자르낙 출신이다. 두 사람은 앙굴렘에 있는 학교에 다녔다. 한 사람은 일반 중학교에, 다른 사람은 가톨릭 중학교에. 그러느라 두 사람은 매주 기차에서 만났고 평생 동안 줄곧 반말을 썼다. 공화국 대통령이 헬리콥터를 타고 두르당 근처에 있는 클로드의 시골집 '오 부'에 내려 점심을 달라고 한 적도 있다.

나는 친구 마르크 에리세가 레지옹 도뇌르 훈장을 받을 때 엘리제 궁에 초대되었다. 이 친구가 내게 율리시즈를 주었다(그것 때문에 훈장을 받은 건 아니지만). 수여식이 끝나고 프랑수아 미테랑이 내 곁으로 왔다. 나는 그에게 이렇게 말했다. "우리는 공통점이 있어요. 클로드 루아에 대한 우정 말입니다." 대통령이 한 팔을 하늘을 향해 들며 외쳤다. "어릴 적 얘기죠!"

생페르 길

도미니크 오리Dominique Aury가 내게 난데없는 비난을 했다.

- 레진 드포르주Régine Deforges와 마주치고도 인사를 안 하셨다면서요.

- 맞아요. 그녀가 코르셋을 잔뜩 졸라매서 가슴을 있는 대로 드러낸 바람에 가슴을 보느라 여념이 없었어요.

도미니크는 마음이 놓이는지 이 대답을 전하려고 레진에게 달려갔다.

뷔시 길 12-14번지

내가 자주 걸었던 뷔시 길에는 추억과 아는 얼굴들이 가득하다. 그런데 왜 그곳에서 한 번도 만난 적 없는 사람에 대해 말하고 싶을까? 왜 특히 허먼 멜빌이 떠오를까? 1849년 멜빌의 첫 번째 유럽 여행의 목적지는 영국과 파리였다. 멜빌은 서른일곱 살이었다. 그의 문학적 성공은 이미 과거의 일이었다. 그의 장인이 여행비용을 대주었다. 그는 영국 출판사들과 일을 해보고 싶어 했다. 파리에 와서는 뷔시 길 12-14번지에 있는 가구 딸린 집에 묵었다. 그는 갈리냐니 책방에서 미국 신문을 읽다가 "《레드번》[41]이라는 제목의 책 나부랭이가 출간되었다."라는 기사를 본다. 그리고 걸어서 도시를 탐방한다. 〈페드르〉의 라셸을 보러 가고, 영안실 근처를 어슬렁거린다.

장마프 강변길 102번지

나의 여든 살 생일을 위해 사람들이 호텔 뒤 노르에 작은 파티를 마련하였는데, 내가 아흔 살을 위해 미뤘다. 호텔 뒤 노르는 이젠 호텔이 아니라 레스토랑으로, 그런 행사에 적합한 곳이다. 외젠 다비Eugène Dabit와 그가 쓴 참으로 감동적인 소설 《호텔 뒤 노르》를, 그리고 여배우 아를레티가 생마르탱 운하의 다리(세트 디자이너 트라우네가 스튜디오에 재현해 낸) 위에서 그 유명한 대사 "분위기라고요!"를 내뱉던 영화를 어찌 떠올리지 않을 수 있을까? 예전에 나의 부모가

---

41) 허먼 멜빌이 선원생활 경험을 토대로 쓴 소설.

포에서 허름한 영화관을 샀을 때, 나는 소박한 호텔 뒤 노르의 주인이 되어 너무도 행복해 하던 외젠 다비의 부모가 떠올랐다.

클로비스 길 22번지

무지한 한 정치인이 《클레브 공작부인》을 맹렬히 비난했다. 이 사건은 별것 아닌 일이 아니어서, 앙리 4세 고등학교 교사들이 내게 2학년 학생들을 대상으로 이 중요한 소설에 관해 강의를 해달라고 요청해왔다. 파리만이 아니라 프랑스에서 가장 유명한 고등학교 중 하나인 이 학교에서 내가 라파예트 부인의 지지를 받으며 강의를 한 2010년의 이 날, 나는 마침내 그 잘난 파리지엥이 된 느낌이 들었다.

로제 스테판 공원

시청에서 그 나날들을 겪고 나서 나는 로제 스테판을 다르게 느끼게 되었다. 우리 둘은 저녁에 샹드마르스에서 개를 산책시키다 만났고, 텔레비전에서도 만났다. 로셀, T. E. 로렌스 등등의 모험가들을 찬양하는 그의 책들 덕에 우리는 친구가 되었다. 그러다가 나는 그의 자살 소식을 듣게 되었다. 얼마 전에 나는 내가 살고 있는 7구의 레카미에 길 끝에서 오부아 수도원이 자리한 공원까지 거닐었다. 샤토브리앙이 늙은 연인을 보러 찾곤 하던 곳이다. 그곳 울타리에는 이렇게 적혀 있다. "로제 스테판 공원".

21구

예전엔 내연관계로 지내는 커플을 두고 사람들은 그들이 21구[42] 시청에서 결혼한 거라고 말하곤 했다. 내가 잊었거나 혹은 빠뜨리고 싶었던 모든 주소들, 내가 떠올리고 싶지 않았던 모든 남자와 여자들, 비밀을 지켜주자니 말할 수 없었던 모든 남녀들을 21구에 넣고 싶다. 그러니 21구의 인구밀도는 대단히 높을 것이다.

---

42) 파리엔 20구까지밖에 없다.

퐁데자르

파리에서 오래 살면 추억들이 서로 중첩되는 곳들이 있기 마련이다. 퐁데자르로 접어들면 클로드 루아가 쓴 소설의 아름다운 제목 '퐁데자르 건너기'를 떠올리지 않을 수가 없다. 소설에 묘사된 이 다리는 사랑과 죽음이 끊임없이 서로를 얼싸안는 곳이다. 그러나 지금은 전혀 다르다. 지난 2월 이른 봄의 어느 일요일, 퐁데자르는 벌써 화창한 날의 얼굴을 드러내고 있었다. 거니는 사람들, 연인들, 아이들, 거리 악사들로 구성된 작은 오케스트라. 다리 위에서 나는 베르갈랑 공원을 바라보다가 울컥했다. 바로 그 지점에서 클로드의 유해가 센 강에 던져졌기 때문이다. 바로 그 순간, 오케스트라가 〈생장 축제에서 만난 나의 연인〉을 연주하기 시작했다. 1944년, 내가 클로드를 알게 된 시절, 삶이 우리에게 아직 풋풋해 보였던 그 시절에 한 여자 친구가 끊임없이 후렴구를 불렀던 노래다. 《퐁데자르 건너기》의 주인공이 말하듯이 이제 "우리는 스러져가는 메아리 소리만 붙들고 있다."

후기

    이 글을 쓰면서 다른 에세이나 단편소설들에서 이미 얘기한 사실이나 인물 들을 다시 언급하기도 했다. 이 파리 산책에서 그들을 빼놓는 것이 내겐 불가능해 보였기 때문이다.

- 갈리마르 출판사

《피고인의 역할Le Rôle d'accusé》, 에세이, 1949

《괴물들Les Monstres》, 소설, 1953

《라임라이트Limelight》, 소설, 1953

《복병Les Embuscades》, 소설, 1958

《로마가도La Voie romaine》, 소설, 1960

《침묵Le Silence》, 단편집, 1961

《겨울궁Le Palais d'hiver》, 소설, 1965

《전쟁 전Avant une guerre》, 소설, 1971

《페트 광장의 어느 집Une maison place des fêtes》, 단편집, 1972

《시네-로망Ciné-roman》, 소설, 1972

《물거울Le Miroir des eaux》, 단편집, 1975

《편집실La Salle de rédaction》, 단편집, 1977

《친근한 곡조Un air de famille》, 이야기, 1979

《라 폴리아La Follia》, 소설, 1980

《프라고나르의 약혼녀La Fiancée de Fragonard》, 단편집, 1982

《침묵Le Silence》, 개정판, 단편집, 1984

《너는 피렌체를 떠나야 하리Il te faudra quitter Florence》, 소설, 1985

《검은 피에로Le Pierrot noir》, 소설, 1986

《알베르 카뮈, 태양과 그늘Albert Camus, soleil et ombre》, 에세이, 1987

《오퇴유의 연못La Mare d'Auteuil》, 네 편의 이야기, 1988

《파스칼 피아 또는 소멸의 권리Pascal Pia ou Le droit au néant》, 에세이, 1989

《파르티타Partita》, 소설, 1991

《내리는 눈을 보라Regardez la neige qui tombe》(체호프에 대한 인상), 에세이, 1992

《터키행진곡La Marche turque》, 단편집, 1993

《새벽 3시Trois heures du matin》, 스콧 피츠제럴드에 관한 에세이, 1994

《그 시절의 누군가Quelqu'un de ce temps-là》, 단편집, 1997

《율리시즈의 눈물Les Larmes d'Ulysse》, 에세이, 1998

《파수꾼Le Veilleur》, 소설, 2000

《자리에 충실한Fidèle au poste》, 에세이, 2001

《이별 잦은 시절Le temps des séparations》, 단편집, 2006

《3년Trois années》, 희곡(안톤 체호프의 단편소설 각색), 2006

《스냅사진Instantanés》, 에세이, 2007

《사진 한 장의 비밀Dans le secret d'une photo》, 에세이, 2010

《책의 맛Le palais des livres》, 에세이, 2011

《세바스티엥보탱 길 5번지_5, rue Sébastien-Bottin》(조르주 르무안

삽화), 2011

《짧은 이야기 긴 사연Brefs récits pour une longue histoire》, 단편집,

2012

《스냅사진II_Instantanés II》, 에세이, 2014

《나의 위대한 도시, 파리Paris ma grand'ville》, 에세이, 2015

• 메르퀴르 드 프랑스 출판사

《앙드렐리Andrélie》, 자전적 에세이, 2005

• 피에르 오레 출판사

《이스캉Iscan》, 에세이, 1978

• 세게르 출판사

《클로드 루아Claude Roy》, 에세이, 1971

• 오트르망 출판사

《프라하Prague》, 에세이, 1987

- **빌라 포르모즈-모랭푸에 출판사**

《포의 영국 빌라들Villas anglaises à Pau》, 사진집, 1991

- **라 파스 뒤 방 출판사**

《자기모순에 빠질 권리Le droit de se contredire》, 다니엘 스테판과
의 대담집

- **베로나의 아르테 지브랄파로 출판사**

《거북이 세 마리와 그 밖의 이야기Trois tortues et quelques autres》,
에세이, 이반 테이머의 동판화, 2003

- **헤르조그 아우구스트 비블리오테크**

《베네치아Venise》, 라이너 G. 모르퓰러, 게르드 위너, 만프레드 짐
머만, 클라우디오 암브로지니와 공저
《파리, 흑백의 인상들》, 라이너 G. 모르퓰러, 게르드 위너, 만프레
드 짐머만과 공저

로제 그르니에의 인생 지도를 따라 걷는
파리 골목 기행

남의 삶이건 자신의 삶이건, 한 생애를 돌아보는 흔한 방식은 시간을 좇는 것이다. 언제 태어나서, 어느 시점에 무슨 일을 했으며, 어떤 우여곡절을 겪었고, 현재에 이르렀다고 얘기하는 식이다. 그러나 공간을 좇으며 삶을 회고하는 색다른 전기가 여기 있다. 이보다 세련된 자서전이 있을까?

이것은 2017년 11월에 아흔여덟 살을 일기로 타계한 작가 로제 그르니에가 세상을 떠나기 2년 전에 남긴 마지막 글이다. 그동안 소설과 에세이, 희곡 등 50여 권의 책을 썼지만, 한 번도 일기나 회고록을 쓴 적 없는 그가 마지막 글이 되리라 예감했는지 이 책에서 자신의 삶을 돌아본다. 청춘기부터 반세기를 파리에서 살아온 그르니에는 자기 삶의 이정표가 되는 주소들을 따라가며 기억을 풀어놓는다. 파리 산책을 떠나는 그의 걸음은 그의 아버지가 태어난 마자린 길 21번지에서 출발해, 할아버지가 일터로 가기 위해 건넜던 다리이자 그곳에서 소중한 친구 클로드 루아의 유해를 뿌린 퐁데자르에서 멈춘다. 그가 마주치는 작은 길, 대로, 공원은 어떤 기억이나 일화, 만남을 떠올리게 한다. 그가 머물렀던 주거 공간들, 레지스탕스 대원으로 파리 해방에 가담했던 날들, 기자로 일하며 겪은 일화들, 50년 넘게 갈리마르 출판사의 편집자로 일하며 만났던 수많은 작가들, 문단의 뒷이야기 등, 그의 온 삶이 이 얇은 책에 담겨있다.

작가가 들려주는 추억과 일화는 밋밋했던 거리들에 의미를 부여하고, 망각된 작가들을 되살려놓는다. 그의 이야기로 파리의 골목골목이 심오해지고 풍성해진다. 평생 글을 읽고 쓰고 책과 더불어 살아온 그이기에, 대개 그의 기억은 문학과 연관되고 문학의 거장들이 책 속으로 대거 소환된다. 카뮈·네르발·빅토르 위고·보들레르·스탕달·로맹 가리·자크 프레베르·보리스 비앙·샤토브리앙·사르트르·프루스트·지드·포크너·헤밍웨이… 그밖에 익숙한 이름들도 불려나온다. 트로츠키·피카소·마리 로랑생·루이 암스트롱….

그러므로 이 글은 로제 그르니에라는 한 작가의 개인사이자 부침 많았던 한 세기에 대한 증언이며 문학적 자취를 가득 품은 파리에 대한 애정과 향수가 물씬 느껴지는 기행이기도 하다. 네르발이 "검고 흰" 어느 겨울날 목을 맨, 지금은 사라지고 없는 비에유랑테른 길, 묘한 이름 때문에 끌리는 막다른 고래 골목…. 파리를 숱하게 둘러본 이들조차 로제 그르니에의 인생지도를 따라 파리의 골목골목을 다시 걸어보고 싶게 만들 문학순례 같은 기행이다.

2018년 9월,

백선희

나의 위대한 도시, 파리

첫판 1쇄 펴낸날 2018년 9월 19일

지은이 | 로제 그르니에
옮긴이 | 백선희
펴낸이 | 박남희

종이 | 화인페이퍼
인쇄·제본 | 한영문화사

펴낸곳 | (주)뮤진트리
출판등록 | 2007년 11월 28일 제2015-000059호
주소 | 서울시 마포구 토정로 135 (상수동) M빌딩
전화 | (02)2676-7117 팩스 | (02)2676-5261
전자우편 | geist6@hanmail.net
홈페이지 | www.mujintree.com

ⓒ 뮤진트리, 2018

ISBN 979-11-6111-022-6 03860

* 책값은 뒤표지에 있습니다.